Clod i ANGHENFIL YN GALW

*Enillydd Medal Carnegie, Medal Kate Greenaway,
Gwobr Lyfrau Genedlaethol Galaxy, Gwobr Lyfrau
Plant Red House, a Gwobr Lyfrau UKLA*

*Addaswyd yn ffilm o bwys, gyda Liam Neeson,
Felicity Jones a Sigourney Weaver.*

*Dyma'r llyfr cyntaf erioed i ennill Medal Carnegie a
Medal Kate Greenaway. Ceir fersiwn wedi'i darlunio'n
gyflawn gan Jim Kay hefyd.*

'Syfrdanol ... Gafaelgar, teimladwy,
wedi'i saernïo'n rhagorol.'
*The Times*

'Gafaelgar ... grymus a thrawiadol.'
*Philip Pullman*

'Gwefreiddiol.'
*Telegraph*

'Dewr, gonest ... mae'n pefrio â thosturi,
mewnwelediad a fflachiadau o hiwmor.'
*Daily Mail*

'Campwaith unigryw.'
*Publishers Weekly*

'Dengys yr awdur arobryn Patrick Ness sensitifrwydd eithriadol yn y stori hudol o deimladwy hon ... Hollol ysgytwol a hynod foddhaus.'
*Guardian*

'Llyfr i beri i chi ollwng dagrau, a llwyddiant enfawr.'
*Mary Hoffman*

'Un o'm hoff lyfrau eleni.'
*Malorie Blackman*

'Dilys a theimladwy.'
*Irish Times*

'Dyma lyfr eithriadol, ac nid wyf yn defnyddio'r gair ar chwarae bach. Dyma stori boenus, ond mae'n un sy'n taro tant.'
*Literary Review*

'Mae'n anodd cyfuno gwirioneddau poenus â gobaith am y dyfodol – ond mae *Anghenfil yn Galw* yn gwneud hynny. Yn gain, yn urddasol ac yn ddwys.'
*The Bookbag*

'Un o'r nofelau mwyaf craff, torcalonnus a grymus a ddarllenais erioed.'
*The Ultimate Book Guide*

'Hudol, telynegol, grymus, a gwir. Mae Patrick Ness wedi creu stori feistrolgar.'
*Libba Bray*

'Nofel deimladwy o dorcalonnus am ymdopi â cholled.'
*Inis Magazine*

'Doeth, dewr a llawn hiwmor tywyll.'
*The New York Times Book Review*

'Yn ddewr, hardd, a llawn tosturi, mae *Anghenfil yn Galw* yn cyfuno'r poenus a'r craff, y syml a'r dwfn. Y canlyniad yw stori sy'n cyffroi.'
*Independent*

'Credadwy a hudolus ar yr un pryd, dyma stori am gymhlethdod ein hemosiynau, gan roi caniatâd i ni deimlo dicter, a bwrw golwg ar natur colled.'
*The Sunday Times*

'Stori feddylgar sy'n aros yn y cof.'
*Daily Express*

'Grymus, wedi'i hysgrifennu'n gain, a thrist ...'
*The Boston Globe*

'Gwych a chwaethus, gyda'r holl ias ac uchelgais y disgwyliech gan awdur trioleg *Chaos Walking*.'
*Frank Cottrell Boyce*

'Hardd a phoenus o drist ... syfrdanol.'
*The Wall Street Journal*

# ANGHENFIL YN GALW

## PATRICK NESS

O syniad gwreiddiol gan
## SIOBHAN DOWD

**Addasiad Sioned Lleinau**

**Y fersiwn Saesneg**

Cyhoeddwyd yn gyntaf yn 2011 gan Walker Books Ltd,
87 Vauxhall Walk, Llundain SE11 5HJ
Gyda diolch i Kate Wheeler

Hawlfraint © Patrick Ness, 2011
Arlunwaith y clawr © Jim Kay, 2011

Daw'r dyfyniad agoriadol o *An Experiment in Love* gan Hilary Mantel
Hawlfraint © Tertius Enterprises.

Argraffiad gwreiddiol wedi'i gyhoeddi yn y Saesneg dan y teitl *A Monster Calls*

**Y fersiwn Gymraeg**

Cyhoeddwyd yn Gymraeg gan Atebol Cyfyngedig, Adeiladau'r Fagwyr,
Llanfihangel Genau'r Glyn, Aberystwyth, Ceredigion SY24 5AQ

Hawlfraint y cyhoeddiad Cymraeg © Atebol Cyfyngedig 2023

Addaswyd gan Sioned Lleinau
Dyluniwyd gan Owain Hammonds

Cedwir pob hawl. Ni chaniateir atgynhyrchu unrhyw ran o'r cyhoeddiad hwn
na'i throsglwyddo ar unrhyw ffurf neu drwy unrhyw fodd, electronig neu
fecanyddol, gan gynnwys llungopïo, recordio neu drwy gyfrwng unrhyw system
storio ac adfer, heb ganiatâd ysgrifenedig y cyhoeddwr.

Stori ddychmygol yw hon. Mae enwau, cymeriadau, lleoedd a digwyddiadau
naill ai'n gynnyrch dychymyg yr awdur neu'n gwbl ffug.

ISBN: 9781801063456

Cyhoeddwyd gyda chymorth ariannol Cyngor Llyfrau Cymru

**atebol.com**

NODYN GAN YR AWDURON

Chefais i erioed gwrdd â Siobhan Dowd. Rwyf ddim ond yn ei hadnabod hi fel y mae'r rhan fwyaf ohonoch chi – drwy ei llyfrau rhagorol. Pedair nofel wefreiddiol i oedolion ifanc, dwy ohonyn nhw wedi'u cyhoeddi pan oedd hi'n fyw, dwy ar ôl ei marwolaeth annhymig. Os nad ydych chi wedi'u darllen, mae angen cywiro'r amryfusedd hwnnw ar unwaith.

Hwn fyddai ei phumed llyfr. Roedd ganddi'r cymeriadau, y cysyniad a'r dechreuad. Yr hyn oedd ar goll iddi, yn anffodus, oedd amser.

Pan ofynnwyd i fi a hoffwn ystyried troi'i gwaith yn llyfr, oedais. Yr hyn na wnawn i – yr hyn na *allwn* i mo'i wneud – oedd ysgrifennu nofel yn dynwared ei llais hi. Byddai hynny wedi gwneud cam â hi, â'r darllenydd, ac yn fwyaf pwysig, â'r stori. Ni chredaf y gall ysgrifennu da byth weithio felly.

Ond y peth am syniadau da yw eu bod nhw'n esgor ar syniadau eraill. Bron cyn i fi fethu peidio, roedd syniadau Siobhan yn cynnig syniadau newydd i mi, a dechreuais deimlo'r cosi yna y bydd pob awdur yn dyheu amdano: y cosi yna sy'n cymell rhywun i roi geiriau ar bapur, y cosi yna i ddweud stori.

Teimlais – a dwi'n teimlo – fel petai rhywun wedi rhoi baton i fi, fel petai awdur arbennig o feistrolgar wedi rhoi'i stori i fi a dweud, 'Rhed gyda hwn. Gwna helynt.' Felly dyna geisiais i ei wneud. Ar hyd y daith, dim ond un canllaw oedd gen i: ysgrifennu llyfr y byddai Siobhan wedi'i hoffi. Ni allai'r un maen prawf arall fod o bwys.

A nawr, mae'n bryd rhoi'r baton yn eich dwylo chi. Nid yw straeon yn gorffen gydag awduron, waeth faint ohonyn nhw ddechreuodd y ras. Dyma wnaeth Siobhan a finnau'i ddyfeisio. Felly bant â chi. Ewch amdani.

Gwnewch helynt.

Patrick Ness
*Llundain, Chwefror 2011*

# I Siobhan

*You're only young once, they say,
but doesn't it go on for a long time?
More years than you can bear.*

Hilary Mantel, *An Experiment in Love*

ANGHENFIL YN GALW

Ymddangosodd yr anghenfil toc wedi hanner nos. Fel mae e'n tueddu gwneud.

Roedd Conor ar ddi-hun pan ddaeth e.
 Roedd e wedi cael hunllef. Wel, nid hunllef. *YR* hunllef. Yr un oedd wedi bod yn gysgod drosto yn ddiweddar. Yr un am y tywyllwch a'r gwynt a'r sgrechian. Yr un am y dwylo'n llithro o'i afael, waeth pa mor galed roedd e'n ceisio dal yn sownd. Yr un oedd wastad yn gorffen gyda–
 'Cer,' sibrydodd Conor i dywyllwch ei stafell wely, gan geisio gwthio'r hunllef yn ôl, ceisio peidio â'i gadael i'w ddilyn i'r byd effro. 'Cer o 'ma nawr.'
 Taflodd gip ar y cloc roedd ei fam wedi'i osod ar y bwrdd wrth ochr ei wely. 12.07. Saith munud wedi hanner nos. Roedd hi'n hwyr, o ystyried ei bod hi'n noson ysgol, hwyr am nos Sul, heb os.

Doedd e ddim wedi sôn wrth neb am yr hunllef. Ddim wrth ei fam, yn amlwg, ond neb arall chwaith, ddim wrth ei dad yn ystod eu galwadau ffôn bob pythefnos (fwy neu lai), *yn bendant* ddim wrth ei fam-gu, na neb yn yr ysgol. Yn bendant ddim.

Doedd dim angen i neb arall wybod am ddigwyddiadau'r hunllef.

Syllodd Conor yn simsan ar ei stafell, cyn gwgu. Roedd rhywbeth ar goll. Cododd ar ei eistedd yn ei wely, gan ddeffro ychydig yn fwy. Roedd yr hunllef yn llithro o'i afael, ond roedd rhywbeth roedd yn methu'i gofio, rhywbeth gwahanol, rhywbeth–

Gwrandawodd, gan glustfeinio yn y tawelwch, ond doedd dim i'w glywed ond ambell guriad tictoc o'r gwacter lawr staer, neu siffrwd y dillad gwely o stafell ei fam drws nesaf.

Dim.

Ac wedyn, rhywbeth. Y rhywbeth hwnnw oedd wedi'i ddeffro.

Roedd rhywun yn galw'i enw.

*Conor.*


Teimlodd chwa o banig, ei berfedd yn corddi. Oedd e wedi'i ddilyn e? Oedd e wedi camu allan o'r hunllef rywsut a–?

'Paid â bod yn ddwl,' dywedodd wrtho'i hun. 'Ti'n rhy hen i gredu mewn angenfilod.'

Roedd hynny'n ddigon gwir. Roedd e wedi cael ei ben blwydd yn dair ar ddeg fis diwethaf. Pethau i blant oedd angenfilod – plant oedd yn gwlychu'r gwely. Roedd angenfilod yn ...

*Conor.*

Dyna fe eto. Llyncodd Conor ei boer. Roedd hi wedi bod yn hydref anarferol o dwym, ac roedd ei ffenest ar agor o hyd. Efallai fod sŵn y llenni'n dweud 'ust' wrth ei gilydd yn yr awel ysgafn yn swnio fel ...

*Conor.*

Iawn, ddim y gwynt. Llais, yn bendant, ond ddim llais cyfarwydd chwaith. Ddim llais ei fam, roedd e'n siŵr o hynny. Ddim llais menyw o gwbl, a meddyliodd am un eiliad wallgo tybed a oedd ei dad wedi dod ar daith syrpréis o America, gan gyrraedd yn rhy hwyr i ffonio a–

*Conor.*

Na. Ddim ei dad. Roedd sylwedd i'r llais hwn, sylwedd *anghenfil*, yn wyllt ac anystywallt.

Wedyn clywodd wichian trwm pren y tu fas, fel petai rhywbeth enfawr yn camu ar draws llawr pren.

Doedd e ddim eisiau mynd i edrych. Ond ar yr un pryd, roedd rhan ohono'n ysu am wneud hynny.

Ac yntau wedi deffro'n llwyr erbyn hyn, gwthiodd y dillad gwely oddi arno, codi o'r gwely a mynd draw at y ffenest. Yng ngolau gwan y lleuad, roedd yn gallu gweld twˆr yr eglwys yn glir ar ben y bryncyn bach y tu ôl i'w gartref, yr un â'r traciau trên yn troi'n gam o'i chwmpas, dwy linell ddur galed yn pefrio yn y nos. Tywynnai'r lleuad hefyd ar y fynwent gerllaw'r eglwys, oedd yn llawn hen gerrig beddau amhosib eu darllen.

Roedd Conor yn gallu gweld yr ywen enfawr oedd yn codi o ganol y fynwent hefyd, coeden mor hynafol fel y gallai'n hawdd fod wedi'i chreu o'r un garreg â'r eglwys. Yr unig reswm roedd e'n gwybod mai ywen oedd hi oedd am fod ei fam wedi dweud wrtho, y tro cyntaf pan oedd e'n blentyn er mwyn sicrhau na fyddai'n bwyta'r aeron gwenwynig, ac eto wedyn yn ystod y flwyddyn ddiwethaf, pan oedd hi wedi dechrau syllu o ffenest y gegin â golwg ryfedd ar ei hwyneb a dweud, 'Ywen yw honna, ti'n gwybod.'

Ac wedyn clywodd ei enw eto.
*Conor.*

Fel petai rhywbeth yn sibrwd yn ei ddwy glust.

'*Beth?*' meddai Conor, ei galon yn curo, yn ddiamynedd am yr hyn oedd i ddod, beth bynnag fyddai hwnnw.

Symudodd cwmwl dros y lloer, gan guddio'r holl wlad â thywyllwch, wrth i awel ruthro i lawr y bryn ac i mewn i'w stafell, gan godi'r llenni'n donnau mawr. Clywodd sŵn y pren yn gwichian a chracio eto, yn griddfan fel rhywbeth byw, fel bola llwglyd y byd yn chwyrnu am fwyd.

Ac yna pasiodd y cwmwl, a daeth y lleuad i dywynnu eto.

Ar yr ywen.

Oedd erbyn hyn yn sefyll yn gadarn yng nghanol ei ardd gefn.

A dyma'r anghenfil.

Wrth i Conor wylio, dyma ganghennau uchaf y goeden yn dod at ei gilydd i ffurfio wyneb enfawr a brawychus, gyda cheg a thrwyn symudliw, a hyd yn oed llygaid oedd yn syllu'n ôl arno. Ymblethodd y canghennau eraill yn riddfanllyd at ei gilydd, gan greu dwy fraich hir ac ail goes i'w gosod i lawr wrth ochr y prif foncyff. Ymffurfiodd gweddill y goeden yn asgwrn cefn ac yna'n gorff, y dail main, pigog fel nodwyddau'n plethu ynghyd i greu croen gwyrdd fel ffwr oedd yn symud ac yn anadlu fel petai cyhyrau ac ysgyfaint o'i fewn.

Er ei fod eisoes yn dalach na ffenest Conor, tyfodd yr anghenfil yn lletach, gan lenwi'n siâp grymus a edrychai rywsut yn gryf, rywsut yn *aruthrol*. Syllai ar Conor drwy'r amser, a gallai yntau glywed yr anadlu swnllyd o'i geg. Gosododd ei ddwylo enfawr bob ochr i'r ffenest, gan ostwng ei ben nes i'w lygaid enfawr lenwi'r ffrâm, gan ddal Conor yn yr unfan â'i syllu miniog. Ochneidiodd cartref Conor dan rym y pwysau.

Ac yna, siaradodd yr anghenfil.

*Conor O'Malley*, meddai, wrth i chwa enfawr o anadl gynnes, ag arogl pridd arni, rusio drwy ffenest Conor, gan chwythu drwy'i wallt. Roedd y llais fel taran, yn isel a swnllyd, ac yn dirgrynu cymaint nes y gallai Conor ei deimlo yn ei frest.

*Dwi wedi dod i dy nôl di, Conor O'Malley*, meddai'r anghenfil, gan wthio yn erbyn y tŷ, ac ysgwyd y lluniau oddi ar wal stafell Conor, yn tasgu llyfrau a dyfeisiadau electronig a hen degan meddal rhinoseros yn glewt i'r llawr.

Anghenfil, meddyliodd Conor. Anghenfil go iawn, wir i ddyn. Ar dir y byw. Ddim mewn breuddwyd ond fan hyn, o flaen ei ffenest.

Wedi dod i'w nôl.

Ond safodd Conor ei dir.

Sylweddolodd nad oedd ofn arno, mewn gwirionedd.

Y cyfan roedd e'n ei deimlo, y cyfan roedd e *wedi'i* deimlo ers i'r anghenfil ddangos ei hun, oedd siom gynyddol.

Oherwydd nid dyma'r anghenfil roedd e wedi'i ddisgwyl.

'Dere 'mlaen, 'te,' dywedodd.

Disgynnodd tawelwch rhyfedd.

*Beth ddwedaist ti?* gofynnodd yr anghenfil.

Plethodd Conor ei freichiau. 'Dere 'mlaen, 'te, ddwedes i.' Oedodd yr anghenfil am eiliad, ac yna, gan *ruo*, trawodd ei ddyrnau yn erbyn y tŷ. Roedd nenfwd stafell Conor yn gwegian dan rym y dyrnu, ac ymddangosodd craciau mawr ar hyd y wal. Llenwyd y stafell â gwynt, a'r awyr yn taranu gan floeddio dig yr anghenfil.

'Gwaedda faint fynni di,' meddai Conor, yn dawel a di-hid. 'Dwi wedi gweld gwaeth.'

Rhuodd yr anghenfil yn uwch ac uwch, gan daro'i fraich drwy ffenest Conor a chwalu'r gwydr a'r pren a'r brics. Cydiodd llaw gordeddog, ganghennog enfawr yn Conor a'i godi oddi ar y llawr. Fe'i siglodd allan o'i stafell ac i ganol y nos, fry uwch ei ardd gefn, a'i ddal yn erbyn amlinell gron y lloer, ei fysedd yn gwasgu cymaint yn erbyn asennau Conor, prin y gallai anadlu. Roedd Conor yn gallu gweld y dannedd blêr a wnaed o bren caled, cnotiog yng ngheg agored yr anghenfil, a theimlai'r anadl gynnes yn rhuthro fel ton tuag ato.

Yna oedodd yr anghenfil eto.

*Does dim ofn arnat ti, nag oes?*

'Nag oes,' meddai Conor. 'Dwi ddim yn dy ofni di, ta beth.'

Cuchiodd yr anghenfil ei lygaid.

*Bydd ofn arnat ti,* dywedodd. *Cyn y diwedd.*

A'r peth olaf gallai Conor ei gofio oedd ceg yr anghenfil yn rhuo ar agor i'w fwyta'n fyw.

BRECWAST

'Mam?' gofynnodd Conor, gan gamu i'r gegin. Roedd e'n gwybod na fyddai hi yno – doedd e ddim yn gallu clywed sŵn y tegell yn berwi, a dyna byddai hi'n ei wneud ben bore bob amser – ond cafodd ei hun yn galw arni'n aml yn ddiweddar wrth iddo fynd o'r naill stafell i'r llall yn y tŷ. Doedd e ddim eisiau codi braw arni, rhag ofn ei bod hi wedi cwympo i gysgu yn rhywle heb iddi fwriadu gwneud.

Ond doedd hi ddim yn y gegin. Oedd yn golygu'i bod hi'n dal i fod yn ei gwely, mae'n siŵr. Felly byddai'n rhaid i Conor baratoi'i frecwast ei hun, rhywbeth roedd e wedi dod i arfer â gwneud. Iawn. *Da iawn*, mewn gwirionedd, yn enwedig bore *heddiw*.

Aeth draw ar frys at y bin sbwriel a stwffio'r bag plastig oedd yn ei law i'r gwaelod, a rhoi gweddill y sbwriel drosto i'w guddio.

'Dyna fe,' meddai wrth neb, gan sefyll i anadlu am eiliad. Wedyn nodiodd ei ben a dweud, 'Brecwast'.

Bara yn y tostiwr, grawnfwyd i bowlen, tipyn o sudd i'r gwydr, ac roedd e'n barod i ddechrau, gan eistedd wrth y bwrdd bach yn y gegin i fwyta. Roedd gan ei fam ei bara a'i grawnfwyd ei hun, y byddai hi'n eu prynu mewn siop bwydydd iach yn y dref, a doedd dim rhaid i Conor eu rhannu, drwy lwc. Roedd eu blas yr un mor ddiflas â'u golwg.

Edrychodd i fyny ar y cloc. Pum munud ar hugain arall cyn y byddai'n rhaid gadael. Roedd ei wisg ysgol amdano eisoes, roedd ei rycsac wedi'i bacio'n barod a'i osod ger drws y ffrynt. Roedd wedi llwyddo i wneud popeth drosto'i hun.

Eisteddodd â'i gefn at ffenest y gegin, yr un uwchben y sinc oedd yn edrych dros eu gardd gefn fechan, ar draws y rheilffordd ac i fyny at yr eglwys a'r fynwent.

A'r ywen.

Cymerodd Conor lond ceg arall o'i rawnfwyd. Sŵn ei geg yn cnoi oedd yr unig sain yn y tŷ i gyd.

Breuddwyd oedd y cyfan. Beth arall *allai* hi fod?

Wedi agor ei lygaid ben bore, y peth cyntaf dynnodd ei sylw oedd ei ffenest. Roedd hi'n dal i fod yno, wrth gwrs, dim niwed o gwbl, dim twll llydan drwodd i'r ardd gefn. Wrth gwrs. Dim ond babi fyddai'n meddwl bod hynny wedi digwydd go iawn. Dim ond babi fyddai'n credu y gallai coeden – coeden, wir i ddyn – gerdded i lawr y bryn ac ymosod ar y tŷ.

Roedd e wedi chwerthin tipyn wrth feddwl am y peth – gwallgofrwydd y cyfan – ac wedi codi o'r gwely.

Cododd i sŵn crensian dan ei draed.

Roedd llawr ei stafell wely, pob modfedd ohoni, wedi'i gorchuddio â dail byr, pigog, ywen.

Rhoddodd gegaid arall o rawnfwyd yn ei geg, yn benderfynol o beidio ag edrych ar y bin sbwriel lle stwffiodd y bag plastig yn llawn dail roedd e wedi'u sgubo ynghyd gynnau.

Roedd hi wedi bod yn noson wyntog. Mae'n rhaid eu bod nhw wedi chwythu i mewn drwy'i ffenest agored.

Yn amlwg.

Gorffennodd ei rawnfwyd a'i dost, yfed diferion olaf ei sudd, cyn rhedeg y llestri dan y dŵr a'u rhoi yn y peiriant golchi llestri. Ugain munud i fynd o hyd. Penderfynodd wagio'r bin sbwriel yn llwyr – llai o berygl – a mynd â'r bag allan i'r bin mawr o flaen y tŷ. Am ei fod e'n mynd i wneud y siwrnai'n barod, casglodd y deunydd ailgylchu a rhoi'r rheini allan hefyd. Wedyn rhoddodd lwyth o ddillad gwely yn y peiriant golchi fel eu bod yn barod i'w hongian ar y lein ddillad wedi iddo ddod adref o'r ysgol.

Aeth 'nôl i'r gegin ac edrych ar y cloc.

Deg munud i fynd eto.

Dim sôn o hyd am–

'Conor?' clywodd, o ben y grisiau.

Gollyngodd anadl hir, anadl nad oedd e wedi ystyried ei fod yn ei dal i mewn.

'Ti 'di cael brecwast?' holodd ei fam, gan bwyso yn erbyn ffrâm drws y gegin.

'Ydw, Mam,' meddai Conor, a'i rycsac yn ei law.

'Ti'n siŵr?'

'*Ydw*, Mam.'

Edrychodd arno'n llawn amheuaeth. Rholiodd Conor ei lygaid. 'Tost a grawnfwyd a sudd,' meddai. 'Wnes i roi'r llestri yn y peiriant.'

'A mynd mas â'r sbwriel,' dywedodd ei fam yn dawel, gan sylwi mor daclus oedd y gegin ganddo.

'Mae golch yn y peiriant hefyd,' meddai Conor.

'Ti'n fachgen da,' meddai hi, ac er ei bod hi'n

gwenu, gallai glywed tristwch hefyd. 'Sori 'mod i heb godi.'

'Mae'n iawn.'

'Dim ond y rownd newydd 'ma o–'

'Mae'n *iawn*,' meddai Conor eto.

Stopiodd hithau, ond daliodd ati i wenu arno. Doedd hi heb glymu'r sgarff am ei phen eto'r bore 'ma, ac edrychai ei phen noeth yn feddal ac yn fregus yng ngolau gwan y bore, fel pen babi. Daeth poen i fol Conor o'i weld.

'Ti glywais i neithiwr?' holodd ei fam.

Rhewodd Conor. 'Pryd?'

'Rywbryd ar ôl hanner nos, mae'n rhaid,' meddai hi gan lusgo'i hun draw i roi'r tegell i ferwi. 'Ro'n i'n meddwl 'mod i'n breuddwydio, ond gallwn i daeru 'mod i wedi clywed dy lais di.'

'Siarad yn fy nghwsg, sbo,' meddai Conor, yn ddi-fflach.

'Ie, sbo,' meddai ei fam, gan agor ei cheg. Cydiodd mewn cwpan oedd yn hongian ar y rac ger yr oergell. 'Anghofiais i ddweud,' meddai hi'n ysgafn, 'mae dy fam-gu'n dod 'ma fory.'

Suddodd ysgwyddau Conor. 'O, *Mam*.'

'Dwi'n gwybod,' meddai hi, 'ond ddylet ti ddim gorfod gwneud dy frecwast dy hun bob bore.'

'*Bob* bore?' meddai Conor. 'Am faint mae hi'n mynd i *fod* 'ma?'

'Conor–'

'Does dim angen iddi ddod 'ma–'

'Ti'n gwybod sut ydw i'n teimlo'n aml yn ystod y driniaeth, Conor–'

'Ni 'di bod yn iawn tan nawr–'

'*Conor*!' meddai ei fam yn siarp, mor siarp nes codi braw ar y ddau ohonyn nhw. Disgynnodd tawelwch hir. Ac wedyn, gwenodd hithau eto, a golwg flinedig iawn, iawn arni.

'Wna i geisio cadw popeth mor fyr â phosib, iawn?' meddai hi. 'Dwi'n gwybod dwyt ti ddim yn hoffi rhoi dy stafell iddi hi, a dwi'n sori am hynny. Faswn i ddim wedi gofyn iddi hi ddod 'ma oni bai bod angen, iawn?'

Byddai'n rhaid i Conor gysgu ar y soffa bob tro y byddai'i fam-gu'n dod i aros. Ond nid dyna oedd y broblem. Doedd e ddim yn hoffi'r ffordd y byddai hi'n *siarad* ag e, fel petai'n weithiwr oedd yn cael ei werthuso. Gwerthusiad roedd e'n mynd i'w fethu. Hefyd, roedden nhw wedi ymdopi'n iawn hyd yn hyn, y ddau ohonyn nhw, waeth pa mor ddrwg roedd y triniaethau'n gwneud i'w fam deimlo, a dyna'r pris roedd yn rhaid ei dalu i'w chael hi'n well, felly pam–?

'Dim ond am ychydig nosweithiau,' meddai ei fam, fel petai hi'n gallu darllen ei feddwl. 'Paid â becso, iawn?'

Chwaraeodd â sip ei rycsac, heb ddweud gair, gan geisio meddwl am bethau eraill. Ac yna cofiodd am y bagaid o ddail roedd e wedi'i wthio i'r bin sbwriel.

Efallai na fyddai cael ei fam-gu i aros yn ei stafell yn ddrwg o beth wedi'r cyfan.

'Dyna hi'r wên dwi'n ei charu,' meddai ei fam, gan estyn am y tegell wrth iddo ddiffodd. Wedyn, meddai, yn ffug frawychus, 'Mae hi'n mynd i ddod â rhai o'i hen *wigs* i fi, os galli di gredu'r fath beth!' Rhwbiodd ei phen moel â'i llaw arall. 'Bydda i'n edrych fel sombi Margaret Thatcher.'

'Dwi'n mynd i fod yn hwyr,' meddai Conor, gan lygadu'r cloc.

'Iawn, cariad,' meddai hithau, gan gerdded yn simsan tuag ato i roi cusan ar ei dalcen. 'Ti'n grwtyn da,' meddai hi eto. 'Trueni bod rhaid i ti fod *mor* dda.'

Wrth iddo'i throi hi am yr ysgol, gwelodd ei fam yn mynd â'i the draw at ffenest y gegin dros y sinc, a phan agorodd e ddrws y ffrynt i adael, clywodd hi'n dweud, 'Dyna'r hen ywen,' fel petai hi'n siarad â hi ei hun.

# YSGOL

Roedd yn gallu blasu'r gwaed yn ei geg wrth iddo godi. Roedd e wedi cnoi'i wefus wrth daro'r llawr, a dyna roedd e'n canolbwyntio arno wrth iddo sefyll, y blas metel rhyfedd yna oedd yn gwneud i chi fod eisiau poeri ar unwaith, fel petaech chi wedi bwyta rhywbeth oedd ddim yn fwyd o gwbl.

Llyncodd yn lle hynny. Byddai Harri a'i griw yn sobor o falch pe bydden nhw'n gwybod bod Conor yn gwaedu. Gallai glywed Anton a Sully'n chwerthin y tu ôl iddo, ac roedd e'n gwybod yn union pa wep oedd ar wyneb Harri, er na allai ei weld. Gallai hyd yn oed ddyfalu beth byddai Harri'n ei ddweud nesaf yn y llais digynnwrf, yn-gweld-pob-peth-yn-ddoniol yna oedd fel petai'n dynwared pob oedolyn doeddech chi byth eisiau cwrdd â nhw.

'Cymer ofal ar y grisiau 'na,' meddai Harri. 'Rhag ofn i ti gwympo.'

Ie, digon gwir.

Doedd hi ddim wedi bod fel hyn erioed.

Harri oedd 'Y Plentyn Penfelyn Delfrydol' – un o ffefrynau'r athrawon drwy bob blwyddyn ysgol. Y disgybl cyntaf i godi'i law, y chwaraewr cyflymaf ar y cae pêl-droed, ond er gwaethaf hynny oll, dim ond crwt arall oedd e yn nosbarth Conor. Doedden nhw ddim yn ffrindiau, fel y cyfryw – doedd gan Harri ddim ffrindiau, go iawn, dim ond dilynwyr; byddai Anton a Sully'n sefyll y tu ôl iddo ac yn chwerthin ar bopeth byddai e'n ei wneud – ond doedden nhw ddim yn elynion chwaith. Byddai Conor wedi synnu petai Harri hyd yn oed yn gwybod ei enw.

Ond rywbryd yn ystod y flwyddyn ddiwethaf hon, roedd rhywbeth wedi newid. Roedd Harri wedi dechrau sylwi ar Conor, dal ei lygad, edrych arno a gwenu o bell.

Doedd y newid hwn yn ddim i'w wneud â sefyllfa mam Conor. Na, roedd wedi digwydd yn hwyrach, pan ddechreuodd Conor gael yr hunllef, yr hunllef go iawn, nid y goeden ddwl, yr hunllef â'r sgrechian a'r disgyn, yr hunllef na fyddai e byth yn dweud wrth yr un enaid byw arall amdani. Pan ddechreuodd Conor gael yr hunllef honno, dyna pryd sylwodd Harri arno fe, fel petai rhyw nod dirgel wedi cael ei roi arno fe, a neb ond Harri'n gallu'i weld.

Y nod oedd yn denu Harri ato fel haearn at fagned.

Ddiwrnod cyntaf y tymor ysgol newydd, baglodd Harri Conor wrth iddo gyrraedd clos yr ysgol, gan beri iddo ddisgyn yn glep ar y palmant.

A dyna'i dechrau hi.

A dyna'r sefyllfa o hyd.

Cadwodd Conor ei gefn at Anton a Sully wrth iddyn nhw chwerthin. Teimlodd ei wefus â'i dafod i weld pa mor ddrwg oedd y brathiad. Ddim yn ofnadwy. Byddai byw eto, petai'n gallu gyrraedd y dosbarth heb i ddim byd arall ddigwydd.

Ond wedyn, digwyddodd rhywbeth arall.

'Gadewch lonydd iddo!' clywodd Conor, gan wingo. Trodd a gweld Lili Andrews yn gwthio'i hwyneb ffyrnig i wyneb Harri, gan godi mwy fyth o chwerthin ar Anton a Sully.

'Mae dy bwdl di 'ma i dy achub di,' meddai Anton.

'Dim ond gwneud y ffeit yn un deg,' meddai Lili, ei chyrliau mân yn bownsio ar ei phen yn union fel pwdl, waeth pa mor dynn y byddai hi'n eu clymu'n ôl.

'Ti'n gwaedu, O'Malley,' meddai Harri, gan anwybyddu Lili'n ddigynnwrf.

Cododd Conor ei law at ei geg, yn rhy hwyr i ddal y defnyn bach o waed oedd yn dianc o'r cornel.

'Bydd angen i'w fam foel ei gusanu'n well!' meddai Sully'n greulon.

Tynhaodd bol Conor yn belen o dân, fel haul yn llosgi oddi mewn iddo, ond cyn iddo allu ymateb, dyma Lili'n cynhyrfu. Gyda bloedd o ddicter, gwthiodd Sully i'r llwyni, a disgynnodd yn glep i'r llawr.

'Lilian Andrews!' daeth Llais y Farn o ben arall y clos.

Rhewodd pawb. Safodd Sully yntau'n syfrdan wrth geisio codi. Roedd Miss Kwan, y Pennaeth Blwyddyn, yn taranu draw atyn nhw, ei gwg fwyaf brawychus wedi'i llosgi ar draws ei hwyneb fel craith.

'Nhw ddechreuodd, Miss,' meddai Lili, gan amddiffyn ei hunan yn barod.

'Dwi ddim eisie clywed,' meddai Miss Kwan. 'Wyt ti'n iawn, Sullivan?' Edrychodd Sully yn gyflym ar Lili, cyn hoelio golwg boenus ar ei wyneb.

'Ddim yn siŵr, Miss,' atebodd. 'Falle bydd rhaid i fi fynd adre.'

'Paid â godro'r sefyllfa,' meddai Miss Kwan. 'I fy swyddfa i, Lilian.'

'Ond Miss, ro'n nhw'n–'

'*Nawr*, Lilian,'

'Ro'n nhw'n gwneud hwyl am ben mam Conor!'

Rhewodd pawb eto, a chynhesodd yr haul tanbaid ym mol Conor, yn barod i'w fwyta'n fyw (–ac yn ei feddwl, teimlai fflach o'r hunllef, y gwynt yn rhuo, y düwch yn llosgi–).

Gwthiodd y meddyliau i ffwrdd.

'Ydy hynny'n wir, Conor?' gofynnodd Miss Kwan, ei hwyneb mor ddifrifol â phregeth.

Roedd y gwaed ar dafod Conor yn gwneud iddo fod eisiau chwydu. Edrychodd draw ar Harri a'i griw. Roedd golwg bryderus ar Anton a Sully, ond syllu'n ôl – yn hollol ddigynnwrf a llonydd – wnaeth Harri, fel petai ganddo ddiddordeb gwirioneddol yn ateb Conor.

'Na, Miss, dyw hynny ddim yn wir,' meddai Conor, gan lyncu'r gwaed. 'Cwympo wnes i. Ro'n nhw'n fy helpu i i godi.'

Trodd wyneb Lili ar amrantiad i ddangos syndod poenus. Agorodd ei cheg ond heb yngan yr un sŵn.

'I'ch dosbarthiadau,' meddai Mis Kwan, 'heblaw amdanat ti, Lilian.'

Roedd Lili'n dal i edrych yn ôl ar Conor wrth i Miss Kwan fynd â hi oddi yno. Trodd Conor oddi wrthi.

Gwelodd bod Harri'n dal ei rycsac iddo.

'Da iawn, O'Malley,' meddai Harri.

Ddywedodd Conor ddim gair, dim ond cipio'r bag o'i afael a mynd mewn i'r ysgol.

## STORI BYWYD

*Storïau*, meddyliodd Conor yn anesmwyth wrth gerdded adref. Roedd y diwrnod ysgol wedi dod i ben ac yntau wedi llwyddo i ddianc. Welodd e mo Harri a'r lleill weddill y dydd, er mae'n siŵr eu bod nhw'n gwybod yn well na mentro achosi 'damwain' arall mor fuan ar ôl dod mor agos i gael eu dal gan Miss Kwan. Roedd hefyd wedi llwyddo i osgoi Lili, a ddychwelodd i'w gwersi â llygaid coch, chwyddedig a gwg a allai godi ofn ar y meirw. Pan ganodd y gloch ddiwedd y prynhawn, roedd Conor wedi rhuthro allan yn sydyn, gan deimlo baich yr ysgol a Harri a Lili yn disgyn oddi ar ei ysgwyddau wrth iddo roi un stryd ar ôl y llall rhyngddo â phob un ohonyn nhw.

*Storïau*, meddyliodd eto.

'Eich storïau *chi*,' oedd geiriau Mrs Marl yn eu gwers Saesneg. 'Mae gan bawb ei stori, beth bynnag eich oed.'

*Storïau bywyd*, oedd ei disgrifiad hi, gwaith cartref i'r dosbarth ysgrifennu amdanyn nhw eu hunain. Hanes eu teulu, eu magwraeth, gwyliau ac atgofion hapus.

Pethau pwysig oedd wedi digwydd.

Cododd Conor ei rycsac dros ei ysgwydd. Gallai feddwl am ambell beth pwysig oedd wedi digwydd iddo. Ond doedd e ddim eisiau sôn amdanyn nhw, serch hynny. Ei dad yn gadael. Y gath yn mynd am dro ryw ddiwrnod a byth yn dychwelyd.

Y prynhawn hwnnw pan ddywedodd ei fam wrtho fod angen iddyn nhw gael sgwrs fach.

Gwgodd a dal ati i gerdded.

Ond eto, roedd yn gallu cofio'r diwrnod *cyn* y diwrnod hwnnw hefyd. Roedd ei fam wedi mynd ag e i'w hoff fwyty Indiaidd a gadael iddo archebu cymaint o *vindaloo* ag y dymunai. Yna roedd hi wedi chwerthin a dweud, 'Pam lai?' cyn archebu *vindaloo* iddi hithau hefyd. Dechreuon nhw rechen hyd yn oed cyn iddyn nhw gyrraedd y car. Ar y ffordd adref, prin y gallen nhw siarad, cymaint y chwerthin a'r rhechen.

Gwenodd Conor wrth feddwl am y peth. Achos wnaethon nhw *ddim* mynd adref. Aethon nhw ar daith syrpréis i'r sinema ar noson ysgol, i wylio ffilm roedd Conor wedi'i gweld o leiaf bedair gwaith o'r blaen ac roedd yn gwybod bod ei fam wedi cael llond bol arni. Ond dyna lle'r oedden nhw, yn eistedd drwyddi eto, yn dal i chwerthin, ac yn bwyta bwcedi'n llawn popcorn a chwpanau'n llawn Coke.

Ond doedd Conor ddim yn dwp. Wedi iddyn nhw orffen eu 'sgwrs fach' y diwrnod canlynol, sylweddolodd beth roedd ei fam wedi'i wneud a pham roedd hi wedi gwneud hynny. Ond wnaeth hynny ddim amharu ar hwyl y noson honno. Roedden nhw wedi chwerthin gymaint. Roedd unrhyw beth yn bosib. Fydden nhw ddim wedi synnu o gwbl petai rhywbeth da wedi digwydd iddyn nhw'r eiliad honno.

Ond fyddai e ddim yn ysgrifennu am *hynny* chwaith.

'Hei!' Gwaeddodd llais o'r tu ôl iddo gan wneud iddo ochneidio. 'Hei, Conor, aros!'

Lili.

'Hei!' meddai hithau, yn dynn ar ei sodlau cyn sefyll yn stond o'i flaen fel na allai wneud dim ond stopio cerdded neu daro i mewn iddi. Roedd hi'n fyr ei hanadl, ond roedd ei hwyneb yn dal i fod yn llawn dicter. 'Pam wnest ti hynny heddi?' holodd.

'Gad lonydd i fi,' meddai Conor, gan wthio heibio iddi.

'Pam na fyddet ti wedi dweud wrth Miss Kwan beth ddigwyddodd mewn gwirionedd?' Daliodd Lili ati i'w blagio a'i ddilyn. 'Pam wnest ti 'nhaflu i i'r llewod?'

'Pam wnest ti wthio dy big i mewn i 'musnes i?'

'Ro'n i'n trio dy *helpu* di.'

'Do'n i ddim eisie dy help di,' atebodd Conor. 'Ro'n i'n ymdopi'n iawn ar fy mhen fy hun.'

'Paid â siarad yn ddwl,' meddai Lili. 'Roeddet ti'n gwaedu.'

'Dyw hynny ddim o dy *fusnes* di,' chwyrnodd Conor eto cyn cerdded yn gyflymach.

'Mae'n rhaid i fi aros i mewn *drwy'r wythnos*,' cwynodd Lili. 'A bydd llythyr yn mynd at Mam a Dad.'

'Dyw hynny'n ddim i wneud â fi.'

'Ond dy fai di yw'r cyfan.'

Safodd Conor yn stond a throi ati. Edrychai mor gandryll nes iddi gamu'n ôl, mewn syndod, fel petai ofn arni. 'Dy fai *di*,' meddai 'dy fai di yw *popeth*.'

Taranodd ei ffordd yn ei flaen ar hyd y stryd.
'Ro'n ni'n arfer bod yn ffrindiau,' gwaeddodd Lili
ar ei ôl.

'*Arfer* bod,' atebodd Conor heb droi'i ben.

Roedd wedi bod yn ffrindiau â Lili erioed. Neu
gyhyd ag y gallai gofio, oedd fwy neu lai yr un peth.

Roedd eu mamau wedi bod yn ffrindiau cyn i
Conor a Lili gael eu geni, ac roedd Lili wedi bod
fel chwaer iddo, er nad oedden nhw'n byw yn yr
un tŷ, yn enwedig pan fyddai'r naill fam neu'r
llall yn gwarchod. Dim ond ffrindiau oedd Lili ac
yntau serch hynny, doedd dim rhamant i'w
perthynas, er gwaetha'r holl dynnu coes yn yr
ysgol. Mewn ffordd, roedd hi'n anodd i Conor
ystyried Lili fel *merch*, yn yr un modd â'r merched
eraill yn yr ysgol. Sut gallai, a'r ddau ohonyn nhw
wedi chwarae rhan defaid yn yr un stori geni, yn
bump oed? Pan oedd yn gwybod mor aml roedd
hi'n arfer pigo'i thrwyn? Pan oedd *hi*'n gwybod
am faint y bu'n rhaid iddo gadw'r golau yn ei
stafell wely yn ystod y nos wedi i'w dad symud
allan? Cyfeillgarwch cwbl normal oedd eu
perthynas nhw.

Ond roedd hynny cyn 'sgwrs fach' ei fam, ac

roedd yr hyn a ddigwyddodd wedyn yn syml, mewn gwirionedd, ac yn sydyn.

Doedd neb yn gwybod.

Yna roedd mam Lili'n gwybod, wrth gwrs.

Yna roedd Lili'n gwybod.

Ac yna roedd pawb yn gwybod. Pawb. A newidiodd hynny'r byd i gyd mewn un diwrnod.

A doedd e ddim am faddau iddi am hynny.

Un stryd ac un bach arall wedyn a byddai yno o flaen y tŷ bach sengl oedd yn gartref iddo. Dyna'r unig beth roedd ei fam wedi mynnu yn ystod yr ysgariad, y byddai'r tŷ yn gartref iddyn nhw, yn ddi-ddadl, heb angen iddyn nhw symud allan wedi i'w dad fynd i'r Unol Daleithiau gyda Stephanie, ei wraig newydd. Roedd chwe mlynedd ers hynny, a bellach roedd hi'n anodd i Conor gofio, weithiau, sut beth oedd cael tad gartref.

Doedd hynny ddim yn meddwl ei fod heb anghofio amdano, serch hynny.

Edrychodd i fyny heibio'r tŷ tua'r bryn uwchben, a thŵr yr eglwys oedd yn ymwthio i fyny drwy'r cymylau yn yr awyr.

A'r ywen oedd yn hofran uwchben y fynwent fel cawr cysglyd.

Gorfododd Conor ei hun i syllu arni, er mwyn iddo weld mai dim ond coeden gyffredin oedd hi, fel unrhyw un o'r coed eraill oedd yn tyfu ar hyd y rheilffordd.

Coeden. Dyna'r cyfan oedd hi. Dyna'r cyfan fuodd hi *fyth*. Coeden.

Coeden a ddatgelodd wyneb anferth oedd yn syllu arno yng ngolau'r haul, ei breichiau'n ymestyn a'i llais yn sibrwd, *Conor*–

Camodd 'nôl mor gyflym nes iddo bron iawn â disgyn i ganol y stryd, ond llwyddodd i ddal ei hun ar foned car oedd wedi'i barcio gerllaw.

Pan edrychodd i fyny eto, doedd dim byd yno, dim ond coeden.

## TAIR STORI

Gorweddai yn ei wely y noson honno, a'i lygaid led y pen ar agor, yn gwylio'r cloc ar y cwpwrdd wrth ei wely.

Dyma'r noson fwyaf araf erioed. Roedd coginio *lasagne* o'r rhewgell wedi blino'i fam gymaint nes iddi syrthio i gysgu wedi dim ond pum munud o *EastEnders*. Roedd yn gas gan Conor y rhaglen, ond byddai bob amser yn ei recordio iddi, a thynnodd flanced drosti cyn mynd i olchi'r llestri.

Canodd ffôn symudol ei fam unwaith, heb ei deffro. Sylwodd Conor mai mam Lili oedd yn ffonio a gadawodd iddi fynd i'r *voicemail*. Gwnaeth ei waith cartref ar fwrdd y gegin, gan stopio cyn cyrraedd gwaith cartref Storïau Bywyd Mrs Marl, yna aeth i grwydro'r we yn ei stafell am ychydig cyn brwsio'i ddannedd a mynd i'r gwely. Prin ei fod wedi diffodd y golau pan ddaeth ei fam i mewn i roi cusan nos da iddo – gan ymddiheuro'n hynod sigledig.

Ychydig funudau'n ddiweddarach, gallai ei chlywed yn y stafell 'molchi, yn chwydu.

'Oes eisie help arnat ti?' galwodd arni o'r gwely.

'Nac oes, cariad,' atebodd ei fam yn wanllyd. 'Dwi'n gyfarwydd â hyn bellach.'

A dyna'r peth. Roedd Conor yn gyfarwydd â hyn hefyd. Yr ail neu'r trydydd diwrnod wedi'r driniaeth oedd waethaf bob amser, y diwrnodau pan fyddai hi fwyaf blinedig, a phan fyddai hi'n chwydu fwyaf. Roedd y cyfan bron yn normal bellach.

Ymhen ychydig, stopiodd y chwydu. Clywodd olau'r stafell 'molchi'n diffodd a drws ei stafell wely'n cau.

Roedd dwyawr ers hynny. Bu'n effro ers hynny, yn disgwyl.

Ond disgwyl beth?

Roedd hi'n 12.05 yn ôl y cloc wrth ymyl y gwely. Yna'n 12.06. Edrychodd ar ffenest y stafell wely, oedd ar gau'n dynn er ei bod hi'n noson gynnes o hyd. Newidiodd y cloc i 12.07.

Cododd, mynd draw at y ffenest ac edrych allan.

Roedd yr anghenfil yn sefyll yn ei ardd, yn syllu'n ôl yn syth arno.

*Agor*, meddai'r anghenfil, ei lais mor glir â chloch, fel pe na bai ffenest yn eu gwahanu. *Dwi eisiau siarad â ti.*

'Iawn, wrth gwrs,' atebodd Conor yn dawel. 'Gan mai dyna mae angenfilod ei eisie o hyd. *Siarad*.'

Gwenodd yr anghenfil. Roedd yr edrychiad yn un erchyll. *Os oes rhaid i fi wthio fy ffordd i mewn*, meddai, *fe wnaf i hynny â phleser.*

Cododd ddwrn cnotiog i ddyrnu drwy wal stafell wely Conor.

'Na!' meddai Conor. 'Dwi ddim eisie i ti ddeffro Mam.'

*Wel, dere mas, 'te*, meddai'r anghenfil, ac er ei fod yn ei stafell wely o hyd, llenwodd trwyn Conor ag arogl llaith pridd a phren a gwlybaniaeth.

'Beth wyt ti eisie â fi?' holodd Conor.

Gwasgodd yr anghenfil ei wyneb yn agos i'r ffenest.

*Ddim beth rydw i eisiau gennyt ti, Conor O'Malley*, meddai. *Mae'n fwy o beth rwyt **ti** eisiau gennyf **i**.*

'Dwi ddim eisie unrhyw beth gen ti,' atebodd Conor.

*Ddim eto*, meddai'r anghenfil. *Ond fe fyddi di.*

'Breuddwyd yw'r cyfan,' meddai Conor wrtho'i hun yn yr ardd gefn, gan syllu ar amlinell yr anghenfil yn erbyn y lleuad yn awyr y nos. Plethodd ei freichiau'n dynn yn erbyn ei gorff, nid oherwydd ei bod hi'n oer, ond oherwydd nad oedd e wir yn gallu credu iddo gripian i lawr y staer, agor y drws cefn a mynd allan i'r ardd.

Roedd e'n dal i deimlo'n dawel ei feddwl. Oedd yn rhyfeddol. Roedd yr hunllef hon – gan ei bod hi'n amlwg mai hunllef oedd hi – mor wahanol i'r hunllef arall.

Dim arswyd, dim panig, dim tywyllwch, yn un peth.

Ond eto roedd yna anghenfil, mor glir â golau ddydd, yn ymestyn rhyw ddeg neu bymtheg metr uwch ei ben, yn anadlu'n drwm yn aer y nos.

'Dim ond breuddwyd,' meddai eto.

*Ond beth yw breuddwyd, Conor O'Malley?* holodd yr anghenfil, gan blygu i lawr a chlosio'i wyneb at Conor.

*Pwy sydd i ddweud nad breuddwyd yw popeth arall?*

Bob tro roedd yr anghenfil yn symud, gallai Conor glywed sŵn pren yn gwichian, yn ochneidio ac yn cwyno oddi mewn i gorff anferth yr anghenfil. Gallai weld y nerth ym mreichiau'r anghenfil hefyd, yn rhaffau gewynnog enfawr o ganghennau'n troelli a symud gyda'i gilydd yn barhaus o fewn yr hyn a allai fod yn ddim ond cyhyrau'r goeden, a hwythau wedi'u cysylltu â brest o foncyff eang, ac arno ben a dannedd â'r gallu i'w lowcio ar amrantiad.

'Beth wyt ti?' holodd Conor, gan dynnu ei freichiau'n dynnach amdano.

*Nid 'beth' ydw i,* gwgodd yr anghenfil. *Ond 'pwy' ydw i.*

'*Pwy* wyt ti 'te?' mentrodd Conor.

Taniodd llygaid yr anghenfil. *Pwy ydw i?* meddai, a'i lais yn codi. **Pwy ydw i?**

Roedd yr anghenfil fel petai'n chwyddo o flaen llygaid Conor, gan dyfu'n dalach a lletach. Cododd corwynt chwyrn gan chwyrlïo o'u cwmpas, ac ymledodd yr anghenfil ei freichiau'n llydan, mor llydan roedd fel petaen nhw'n cyrraedd o naill ben y gorwel i'r llall, mor llydan nes ymddangos y gallen nhw amgylchynu'r byd.

*Dwi wedi cael cymaint o enwau ag y mae yna o flynyddoedd mewn amser!* rhuodd yr anghenfil. *Herne'r Heliwr ydw i! Cernunnos ydw i! Y Dyn Gwyrdd bythol ydw i!*

Chwipiodd braich fawr i lawr a chipio Conor, a'i godi'n uchel i'r awyr, wrth i'r gwynt chwyrlïo o'u cwmpas, gan beri i groen deiliog yr anghenfil ysgwyd yn ddig.

*Pwy ydw i?* ailadroddodd yr anghenfil, gan barhau i ruo. *Fi yw sail pob mynydd! Fi yw dagrau'r afonydd! Fi yw'r ysgyfaint sy'n anadlu'r gwynt! Fi yw'r blaidd sy'n lladd yr hydd, yr hebog sy'n lladd y llygoden, y corryn sy'n lladd y pryfyn! Fi yw'r hydd, y llygoden a'r pryfyn sy'n cael eu bwyta! Fi yw neidr y byd sy'n llarpio'i gynffon ei hun! Fi yw popeth na ddofwyd ac na ellir ei ddofi!* Tynnodd Conor yn agos at ei lygaid. *Fi yw'r ddaear wyllt, a dwi yma i fynd â ti, Conor O'Malley.*

'Mae golwg fel coeden arnat ti,' meddai Conor.

Gwasgodd yr anghenfil Conor nes gwneud iddo wichian.

*Anaml y byddaf i ar gerdded, fachgen,* meddai'r anghenfil, *ddim ond ar adegau tyngedfennol. Dwi'n disgwyl i ti wrando arna i.*

Gollyngodd yr anghenfil ei afael ar Conor nes ei

fod yn gallu anadlu unwaith eto. 'Felly beth wyt ti eisie â *fi?*' holodd Conor.

Gwenodd yr anghenfil yn fileinig. Tawelodd y gwynt ac aeth pobman yn dawel fel y bedd. *O'r diwedd*, meddai'r anghenfil. *At y gwirionedd. Y rheswm pam dwi ar gerdded.*

Ymsythodd Conor, gan ofni'r gwaethaf.

*Dyma sut y bydd pethau, Conor O'Malley*, aeth yr anghenfil yn ei flaen, *fe fydda i'n dod atat ti eto ar ambell i noson arall.*

Gallai Conor deimlo'i stumog yn tynhau, fel petai'n paratoi ei hun ar gyfer ergyd.

*A bydda i'n adrodd tair stori wrthyt ti. Tair stori o 'nghyfnodau eraill i ar gerdded.*

Amneidiodd Conor. Ac amneidio eto. 'Ti'n mynd i adrodd *storïau* wrtha i?'

*Ydw wir*, meddai'r anghenfil.

'Wel–' syllodd Conor o'i gwmpas mewn anghrediniaeth. 'Sut all *hynny* fod yn hunllef?'

*Storïau yw'r pethau mwyaf gwyllt erioed*, rhuodd yr anghenfil. *Mae storïau'n cwrso a chnoi a hela.*

'Dyna beth mae *athrawon* yn ei ddweud o hyd,' meddai Conor. 'Does neb yn eu credu nhw chwaith.'

*A chyn gynted ag y byddaf i wedi gorffen fy nhair stori*, meddai'r anghenfil, fel petai heb glywed geiriau Conor, *byddi di'n adrodd y bedwaredd*.

Gwingodd Conor yn llaw'r anghenfil. 'Dwi ddim yn dda am adrodd storïau.'

*Byddi di'n adrodd y bedwaredd*, meddai'r anghenfil eto, *a bydd hi'n stori wir*.

'Stori wir?'

*Nid unrhyw stori wir. Dy stori wir **di**.*

'O-cê,' mentrodd Conor, 'ond dywedaist ti y byddwn i wedi cael ofn cyn i hyn i gyd ddod i ben, a dyw hynny ddim yn swnio'n frawychus o gwbl.'

*Rwyt ti'n gwybod mai celwydd yw hynny*, atebodd yr anghenfil. *Rwyt ti'n gwybod mai dy stori wir di, yr un rwyt ti'n ei chuddio, Conor O'Malley, yw'r hyn sy'n codi ofn fwyaf arnat ti.*

Rhoddodd Conor y gorau i wingo.

Doedd e ddim yn meddwl–

Allai e fyth fod yn gwybod am *hynny*.

Na. *Na*. Doedd e *fyth* yn mynd i ddweud beth ddigwyddodd yn yr hunllef go iawn. Byth bythoedd.

*Fe wnei di ddweud dy stori*, meddai'r anghenfil. *Dyna pam y gwnest ti alw amdana i.*

Teimlai Conor yn fwy dryslyd fyth. '*Galw* amdanat ti? Wnes i ddim *galw* amdanat ti–'

*Fe wnei di adrodd y bedwaredd stori wrtha i. Fe ddywedi di'r gwir wrtha i.*

'A beth os na wna i?' holodd Conor.

Edrychodd yr anghenfil yn fileinig arno eto. *Yna byddaf i'n dy fwyta di'n fyw.*

Ac agorodd ei geg yn anhygoel o fawr, yn ddigon mawr i fwyta'r holl fyd, yn ddigon mawr i wneud i Conor ddiflannu am byth–

Neidiodd i fyny yn y gwely gyda bloedd.

Ei wely e. Roedd e 'nôl yn ei wely ei hun.

Wrth gwrs mai breuddwyd oedd y cyfan. *Wrth gwrs* mai dyna oedd e. *Eto.*

Ochneidiodd yn chwyrn a rhwbio'i lygaid â chledrau ei ddwylo. Sut roedd e fyth yn mynd i gael llonydd os oedd ei freuddwydion yn mynd i fod mor flinedig â hyn?

Byddai llymaid o ddŵr yn syniad, meddyliodd wrth daflu cwrlid y gwely'n ôl. O godi o'r gwely gallai ddechrau ar ei noson unwaith eto, gan anghofio popeth am fusnes yr hen freuddwyd ryfedd nad oedd yn gwneud unrhyw synnwyr o gwbl–

Teimlodd rhywbeth yn slwtsh o dan ei draed.

Trodd ei lamp 'mlaen. Roedd aeron coch

gwenwynig o ywen yn gorchuddio llawr ei stafell i gyd.

Ac roedd y rheini, rywsut, wedi cyrraedd yno drwy ffenest gaeëdig oedd ar glo.

## MAM-GU

'Wyt ti'n fachgen da i dy fam?'

Pinsiodd mam-gu Conor ei fochau gymaint nes iddo feddwl y bydden nhw'n gwaedu.

'Mae e wedi bod yn fachgen da *iawn*, Mam,' meddai ei fam, gan wincio ar Conor dros ysgwydd ei fam-gu, ei hoff sgarff las wedi'i chlymu am ei phen. 'Felly does dim angen ei binsio mor galed.'

'O, twt twt,' atebodd ei fam-gu, gan slapio'i fochau'n chwareus, ond digon poenus, mewn gwirionedd. 'Beth am roi'r tegell ar y tân i fi a Mam?' holodd, er nad cwestiwn oedd ei geiriau o gwbl.

Wrth i Conor adael y stafell yn ddiolchgar, rhoddodd ei fam-gu ei dwylo ar ei chluniau a syllu ar ei fam.

'Nawr 'te, bach,' clywodd hi'n dweud wrth iddo fynd i'r gegin. 'Beth *ydyn* ni'n mynd i wneud â ti?'

Doedd mam-gu Conor ddim fel pob mam-gu arall. Roedd e wedi cyfarfod â mam-gu Lili droeon, ac roedd *hi* yn union fel y dylai mam-gu fod: yn rhychiog a hapus, â gwallt gwyn a phopeth. Byddai hi'n paratoi bwyd a'i ferwi hyd ebargofiant gan wneud tri dogn o lysiau ar wahân i bawb, ac adeg y Nadolig, byddai'n chwerthin yn y gornel gyda'i gwydryn bach o sieri a'i choron bapur ar ei phen.

Ond roedd mam-gu *Conor* yn gwisgo siacedi a throwsusau wedi'u teilwra, yn lliwio'i gwallt er mwyn cuddio'r blewiach llwyd, ac yn dweud pethau nad oedd yn gwneud unrhyw synnwyr o gwbl, megis 'Chwe deg yw'r hanner cant newydd,' neu 'Ceir clasurol sydd angen y polish drutaf.' Beth oedd *ystyr* hynny hyd yn oed? Byddai hi'n e-bostio cardiau pen blwydd, yn dadlau am y gwin â'r rhai sy'n gweini, ac roedd hi'n dal i *weithio*. Roedd ei chartref hi hyd yn oed yn waeth, yn llawn hen bethau drud nad oedd hawl gan neb eu cyffwrdd fyth, fel y cloc na fyddai Mam-gu'n gadael i'r ddynes lanhau'i ddwstio. A dyna beth arall. Pa fath o fam-gu sydd â dynes lanhau?

'Dau siwgr, dim llaeth,' meddai o'r lolfa wrth i Conor wneud y te, yn union fel pe na bai'n gwybod hynny wedi'r tair mil a mwy o droeon eraill roedd hi wedi ymweld â nhw.

'Diolch, 'machgen i,' meddai Mam-gu wrth iddo ddod â'r te.

'Diolch, cariad,' meddai ei fam, gan wenu arno y tu hwnt i olwg ei fam-gu, gan ei wahodd i ymuno â hi yn erbyn ei mam. Allai e ddim atal ei hun. Gwenodd yn ôl arni ychydig.

'A sut aeth hi gyda ti yn yr ysgol heddi, 'machgen i?' holodd ei fam-gu.

'Iawn,' atebodd Conor.

Doedd hynny ddim yn hollol wir. Roedd Lili'n gandryll ag e o hyd, roedd Harri wedi rhoi pen marcio heb gaead yn ddwfn yn ei rycsac, ac roedd Miss Kwan wedi'i alw ati a gofyn, yn hollol ddifrifol, Sut Roedd E'n Ymdopi.

'Oeddech chi'n gwybod,' meddai ei fam-gu, gan roi ei chwpan te i lawr ar y bwrdd o'i blaen, 'fod yna ysgol annibynnol ardderchog i fechgyn brin hanner milltir o 'nghartre i? Dwi wedi bod yn gwneud ychydig o waith ymchwil, ac mae'r safonau academaidd yn uchel iawn, llawer uwch na'r rhai yn ei ysgol gyfun, dwi'n siŵr.'

Syllodd Conor arni. A dyma'r rheswm arall doedd e ddim yn hoffi ymweliadau ei fam-gu.

Gallai'r hyn roedd hi newydd ddweud danlinellu'r ffaith fod ganddi agwedd snobyddlyd at ei ysgol leol.

Neu efallai ei fod yn fwy na hynny. Gallai fod yn awgrym o'i ddyfodol posib.

Rhywbeth *nes 'mlaen*.

Gallai Conor deimlo'i hun yn corddi ym mhwll ei stumog–

'Mae e'n hapus ble mae e, Mam,' meddai ei fam, yn sydyn, gan edrych arno eto. 'On'd wyt ti, Conor?'

'Dwi'n hapus ble'r ydw i,' atebodd Conor drwy'i ddannedd.

Têc-awê o'r bwyty Tsieineaidd oedd i swper. Doedd mam-gu Conor 'ddim wir yn coginio'. Roedd hynny'n wir. Bob tro roedd e wedi bod yn aros gyda hi, doedd fawr o ddim yn yr oergell ar wahân i wy a hanner afocado. Roedd mam Conor yn dal i fod yn rhy flinedig i goginio drosti'i hun, ac er y gallai Conor fod wedi paratoi rhywbeth, prin bod ei fam-gu wedi ystyried hynny'n bosibilrwydd.

Ei waith e oedd clirio wedi swper, serch hynny, ac roedd e'n gwasgu'r pecynnau ffoil i lawr dros y bag o aeron gwenwynllyd roedd wedi'u cuddio ar waelod y bin sbwriel pan ymddangosodd ei fam-gu y tu ôl iddo.

'Mae'n bryd i ti a fi gael sgwrs fach, 'machgen i,' meddai, wrth sefyll yn nrws y gegin gan atal unrhyw ddihangfa.

'Mae gyda fi enw, chi'n gwybod,' meddai Conor, gan wasgu i lawr ar y bin. 'A ddim *'machgen i* yw hwnnw.'

'Paid â bod mor haerllug,' atebodd ei fam-gu. Safai yno â'i breichiau wedi'u plethu. Syllodd Conor arni am funud. Syllodd hithau'n ôl arno. Yna dechreuodd wneud sŵn twtian. 'Dwi'n ffrind i ti, Conor,' meddai. 'Dwi yma i helpu dy fam.'

'Dwi'n gwybod pam rydych chi 'ma,' meddai yntau, gan gydio mewn clwtyn i sychu'r bwrdd oedd eisoes yn lân.

Pwysodd ei fam-gu 'mlaen a chipio'r clwtyn o'i law. 'Dwi yma gan na ddylse bachgen tair ar ddeg oed fod yn sychu byrddau heb i rywun ofyn iddo wneud hynny gynta.'

Gwgodd arni. 'Oeddech *chi*'n mynd i wneud?'

'Conor–'

'Cerwch o 'ma,' meddai Conor. 'Ni'n iawn hebddoch chi.'

'Conor,' meddai'n fwy awdurdodol, 'mae'n

rhaid i ni drafod beth sy'n mynd i ddigwydd.'

'Na, does dim rhaid. Mae hi *wastad* yn sâl ar ôl y driniaeth. Bydd hi'n well fory.' Rhythodd arni. 'A gallwch *chi* fynd adre.'

Syllodd ei fam-gu ar y nenfwd ac ochneidio. Yna rhwbiodd ei hwyneb â'i dwylo, a synnodd o'i gweld hi'n ddig, yn ddig *iawn*.

Ond efallai nad fe oedd wrth wraidd hynny.

Cydiodd mewn clwtyn arall a dechrau sychu eto, fel nad oedd rhaid iddo edrych arni. Sychodd bob modfedd hyd at y sinc cyn taflu cip allan drwy'r ffenest ar hap.

Roedd yr anghenfil yn sefyll yn yr ardd gefn, cymaint â haul yn machlud.

Yn ei wylio.

'Bydd *golwg* well arni fory,' meddai ei fam-gu, a'i llais yn grug, 'ond fydd hi ddim, Conor.'

Wel, doedd hynny ddim yn wir. Trodd i'w hwynebu. 'Mae'r triniaethau'n ei helpu hi,' meddai. 'Dyna pam mae hi'n mynd.'

Syllodd ei fam-gu arno am funud hir, fel petai hi'n ceisio dod i benderfyniad am rywbeth. 'Mae angen i ti drafod hyn gyda hi, Conor,' meddai o'r diwedd. Yna meddai, bron iddi hi ei hun, 'Mae angen iddi drafod hyn gyda *ti*.'

'Trafod beth gyda fi?' holodd Conor.

Plethodd ei fam-gu ei breichiau. 'Amdanat ti'n dod i fyw gyda fi.'

Gwgodd Conor, ac am eiliad edrychai'r stafell yn dywyllach, am eiliad teimlai fel petai'r tŷ i gyd yn gwegian, am eiliad teimlai y gallai ymestyn i lawr a rhwygo'r llawr cyfan allan o bridd y ddaear dywyll–

Caeodd ei lygaid. Roedd ei fam-gu'n disgwyl am ymateb.

'Dwi ddim am ddod i fyw gyda chi,' meddai.

'Conor–'

'Dwi *byth* am ddod i fyw gyda chi.'

'Wyt, mi wyt ti,' atebodd. 'Sori, ond mi wyt ti. A dwi'n gwybod ei bod hi'n trio dy amddiffyn di, ond dwi'n credu bod rhaid i ti wybod, pan fydd hyn i gyd drosodd, bod gyda ti gartre, 'machgen i. Gyda rhywun fydd yn dy garu di ac yn gofalu amdanat ti.'

'Pan fydd hyn i gyd drosodd,' meddai Conor, ei lais yn corddi gan ddicter, 'byddwch chi'n gadael a byddwn ni'n iawn.'

'Conor–'

Ac yna clywodd y ddau sŵn yn dod o'r lolfa, 'Mam? *Mam?*'

Rhuthrodd ei fam-gu allan o'r gegin mor sydyn nes i Conor neidio'n ôl mewn syndod. Gallai glywed ei fam yn peswch a'i fam-gu'n dweud, 'Mae popeth yn iawn, cariad, popeth yn iawn, shh, shh, shh.' Edrychodd drwy ffenest y gegin ar ei ffordd i'r lolfa.

Roedd yr anghenfil wedi diflannu.

Roedd ei fam-gu ar y soffa, yn anwesu'i fam, yn rhwbio'i chefn wrth iddi chwydu i fwced bach oedd yn cael ei gadw wrth law rhag ofn.

Edrychodd ei fam-gu i fyny arno, ond roedd ei hwyneb yn llym a chwyrn ac yn anodd iawn ei ddirnad.

## STORÏAU GWYLLT

Roedd y tŷ'n dywyll. Roedd ei fam-gu wedi llwyddo i gael ei fam i fynd i'r gwely ac yna wedi dod i mewn i stafell wely Conor a chau'r drws, heb ofyn os oedd angen unrhyw beth arno fe cyn iddi hi ei hun fynd i gysgu.

Gorweddai Conor ar ddi-hun ar y soffa. Doedd e ddim yn meddwl y gallai gysgu, ddim ar ôl yr holl bethau roedd ei fam-gu wedi'u dweud wrtho, ddim o ystyried yr olwg oedd ar ei fam heno. Roedd tri diwrnod wedi bod ers y driniaeth – tua'r adeg y byddai hi'n dechrau teimlo'n well, gan amlaf – ond roedd hi'n dal i chwydu, yn dal i fod yn flinedig, a hynny am gyfnod llawer yn hirach nag y dylai hi fod.

Gwthiodd y meddyliau o'i ben, ond daethon nhw'n ôl a bu'n rhaid iddo'u gwthio i ffwrdd unwaith eto. Mae'n rhaid ei fod wedi syrthio i gysgu o'r diwedd, ond yr unig ffordd roedd e'n gwybod ei fod yn cysgu oedd pan ddaeth yr hunllef.

Ddim y goeden. Yr *hunllef*.

Y gwynt yn rhuo a'r ddaear yn crynu a'r dwylo'n cydio'n dynn, ond eto'n colli gafael rywsut, a Conor yn defnyddio'i holl nerth yn ofer, ac yntau'n llithro, yn syrthio, a'r *sgrechian*–

'NA!' gwaeddodd Conor, a'r arswyd yn ei ddeffro gan afael mor dynn yn ei frest nes gwneud iddo deimlo na allai anadlu, ei wddf yn tagu, ei lygaid yn llenwi â dŵr.

'Na,' meddai eto, yn dawelach y tro hwn.

Roedd y tŷ'n dawel ac yn dywyll. Gwrandawodd am eiliad, ond doedd dim smic yn unman, dim sŵn gan ei fam na'i fam-gu. Ciledrychodd drwy'r tywyllwch ar y cloc a'r chwaraewr DVD.

12.07. Wrth gwrs.

Gwrandawodd yn astud ar y tawelwch. Ond doedd dim yn digwydd. Chlywodd e mo'i enw, chlywodd e mo wich y pren.

Efallai na fyddai'n dod heno.

12.08, meddai'r cloc.

12.09.

Gan deimlo ychydig yn ddig, cododd Conor a mynd i'r gegin. Edrychodd allan drwy'r ffenest.

Roedd yr anghenfil yn sefyll yn yr ardd gefn.

*Pam fuest ti mor hir?* Holodd.

*Mae'n bryd i fi adrodd y stori gyntaf wrthyt ti,* meddai'r anghenfil.

Symudodd mo Conor o'r gadair yn yr ardd, lle'r oedd wedi bod yn eistedd ers mynd allan. Roedd wedi tynnu'i goesau'n dynn i'w frest ac yn gwasgu'i wyneb i'w bengliniau.

*Wyt ti'n gwrando?* Holodd yr anghenfil.

'Na'dw,' meddai Conor.

Gallai deimlo'r aer yn chwyrlïo'n ffyrnig o'i gwmpas eto. *Fe wnei di wrando arna i!* Meddai'r anghenfil. *Dwi mor hen â'r tir yma ac fe wnei di ddangos parch i fi–*

Cododd Conor o'i gadair a throi'n ôl tua'r gegin.

*I ble rwyt ti'n meddwl rwyt ti'n mynd?* mynnodd yr anghenfil.

Gwibiodd Conor o gwmpas, a'i wyneb mor gandryll, mor boenus, nes i'r anghenfil sefyll ar ei draed yn syth, ei aeliau deiliog, anferth yn codi mewn syndod.

'Beth wyt *ti*'n ei wybod?' poerodd Conor. 'Beth wyt ti'n ei wybod am *unrhyw beth?*'

*Dwi'n gwybod amdanat **ti**, Conor O'Malley*, atebodd yr anghenfil.

'Na, dwyt ti ddim,' meddai Conor. 'Petaet ti, byddet ti'n gwybod 'mod i ddim ag amser i'w dreulio'n gwrando ar storïau dwl, diflas gan goeden ddwl, ddiflas sydd ddim hyd yn oed yn real–'

*O?* Meddai'r anghenfil. *Ai breuddwyd oedd yr aeron ar lawr dy stafell di?*

'Pa ots?' gwaeddodd Conor yn ôl. 'Dim ond hen aeron dwl ydyn nhw. Www-hww, *dwi mor ofnus.* O plis, plis, achubwch fi rhag yr *aeron*!'

Edrychodd yr anghenfil arno mewn penbleth. *Rhyfedd iawn*, meddai. *Mae'r geiriau rwyt ti'n eu defnyddio'n dweud wrtha i bod ofn aeron arnat ti, ond mae dy ymddygiad yn awgrymu'r gwrthwyneb.*

'Ti mor hen â'r tir a dwyt ti ddim wedi clywed am goegni erioed?' holodd Conor.

*Dwi wedi clywed amdano,* meddai'r anghenfil, gan osod ei ddwylo canghennog anferth ar ei gluniau. *Ond mae pobl fel arfer yn gwybod yn well na'i ddefnyddio wrth siarad â fi.*

'Pam dwyt ti ddim yn gallu gadael *llonydd* i fi?'

Ysgydwodd yr anghenfil ei ben, ond nid i ateb cwestiwn Conor. *Rhyfedd iawn*, meddai. *Dwyt ti ddim yn ofni unrhyw beth dwi'n ei wneud.*

'Dim ond *coeden* wyt ti,' meddai Conor, a doedd e ddim yn gallu meddwl amdano mewn unrhyw ffordd arall. Er ei fod yn siarad ac yn cerdded, er ei fod yn fwy na'r tŷ ac y gallai ei lyncu'n gyfan, ar ddiwedd y dydd, doedd yr anghenfil yn ddim mwy nag ywen. Gallai Conor hyd yn oed weld mwy o aeron yn tyfu o'r canghennau ar ei ddwy benelin.

*Ac mae gyda ti bethau gwaeth i'w hofni*, meddai'r anghenfil.

Syllodd Conor ar y ddaear, yna i fyny i'r lleuad gan wneud ei orau glas i osgoi llygaid yr anghenfil. Roedd yr ymdeimlad o hunllef yn chwyddo tu mewn iddo, gan droi popeth o'i gwmpas yn dywyllwch, a gwneud i bopeth ymddangos yn drwm ac amhosib, fel petai rhywun wedi gofyn iddo godi mynydd â'i ddwylo ac na fyddai modd iddo adael nes iddo wneud hynny.

'Meddwl oeddwn i,' meddai, ond dechreuodd beswch cyn gallu dweud mwy. 'Fe welais i ti'n fy ngwylio i'n gynharach pan oeddwn i'n dadlau â mam-gu, a meddwl …'

*Beth roeddet ti'n ei feddwl?* holodd yr anghenfil wrth i Conor fethu gorffen ei frawddeg.

'Anghofia'r peth,' meddai Conor, gan droi'n ôl at y tŷ.

*Roeddet ti'n meddwl mai dod yma i dy helpu di roeddwn i,* mentrodd yr anghenfil.

Safodd Conor.

*Roeddet ti'n meddwl mai dod yma i gael gwared ar dy elynion roeddwn i. Lladd dy ddreigiau.*

Allai Conor ddim edrych dros ei ysgwydd o hyd. Ond wnaeth e ddim mynd 'nôl i'r tŷ chwaith.

*Roeddet ti'n ymwybodol o'r gwir pan wnes i ddweud dy fod ti wedi galw amdana i, mai ti oedd y rheswm pam roeddwn i ar gerdded yma. Ydw i'n iawn?*

Trodd Conor a'i wynebu. 'Ond dim ond adrodd *storïau* rwyt ti eisie gwneud,' meddai, yn ei chael hi'n anodd cadw'r siom o'i lais, gan mai *dyna*'r gwir. Roedd e wedi meddwl hynny. Roedd e wedi *gobeithio* hynny.

Penliniodd yr anghenfil nes bod ei wyneb yn agos at un Conor. *Storïau am y modd y gwnes i oresgyn gelynion,* meddai. *Storïau am y modd y gwnes i ladd dreigiau.*

Edrychodd Conor i lygaid yr anghenfil ar amrantiad.

*Creaduriaid gwyllt yw storïau,* eglurodd yr anghenfil. *O'u rhyddhau, pwy a ŵyr pa ddifrod y gallen nhw ei achosi?*

Edrychodd yr anghenfil i fyny a dilynodd Conor ei lygaid. Roedd e'n edrych ar ffenest stafell wely Conor. Y stafell lle'r oedd ei fam-gu'n cysgu bellach.

*Gad i fi adrodd stori am y tro hwnnw pan es i ar gerdded,* meddai'r anghenfil. *Gad i fi sôn wrthyt ti am ddiwedd y frenhines greulon a'r modd y llwyddais i sicrhau ei bod hi'n diflannu am byth.*

Llyncodd Conor ei boer a syllu'n ôl ar wyneb yr anghenfil.

'Cer amdani,' meddai.

## Y STORI GYNTAF

*Amser maith yn ôl,* meddai'r anghenfil, *cyn bod hon yn dref gyda ffyrdd a threnau a cheir, roedd pobman yn wyrdd. Roedd coed yn gorchuddio pob bryn ac ar hyd bob llwybr. Roedden nhw'n cysgodi pob nant ac yn amddiffyn pob tŷ, gan fod tai hyd yn oed yn bodoli bryd hynny, wedi'u creu o gerrig a phridd.*

*Teyrnas oedd hon.*

('Beth?' meddai Conor, gan edrych o gwmpas yr ardd gefn. 'Fan hyn?')

(Gwyrodd yr anghenfil ei ben ac edrych arno'n chwilfrydig. *Doeddet ti ddim yn gwybod amdani?*)

('Ddim am unrhyw deyrnas yn yr ardal 'ma, nac oeddwn,' atebodd Conor. 'Does dim hyd yn oed McDonald's 'ma.')

*Serch hynny,* aeth yr anghenfil yn ei flaen, *roedd yma deyrnas, un fach ond hapus, oherwydd bod y brenin yn frenin teg, a'i ddoethineb yn deillio o galedi. Roedd ei wraig wedi rhoi genedigaeth i bedwar mab cryf, ond yn ystod teyrnasiad y brenin, gorfodwyd ef i fynd i frwydro er mwyn sicrhau heddwch ei deyrnas. Brwydrau yn erbyn cewri a dreigiau, brwydrau yn erbyn bleiddiaid duon â llygaid coch, brwydrau yn erbyn byddinoedd dan arweiniad dewiniaid gwych.*

*Sicrhaodd y brwydrau ffiniau'r deyrnas a dod â heddwch i'r tir. Ond roedd pris ar fuddugoliaethau. Un ar ôl y llall, lladdwyd meibion y brenin. Yn sgil tân draig neu ddwylo cawr neu ddant blaidd neu waywffon dyn. Un ar ôl y llall, trengodd pob un o bedwar tywysog y deyrnas, gan adael dim ond un etifedd i'r brenin. Ei ŵyr bach.*

('Mae hon yn swnio fel tipyn o stori dylwyth teg,' mentrodd Conor yn amheus.)

(*Ni fyddet ti'n dweud hynny o glywed sgrechfeydd dyn o gael ei ladd â gwaywffon*, meddai'r anghenfil. *Na'i sgrechfeydd dychrynllyd wrth gael ei reibio gan fleiddiaid. Nawr, bydd yn dawel.*)

*Yn raddol, cafodd gwraig y brenin ei llethu gan alar, yn yr un modd â mam y tywysog ifanc. Nid oedd neb ar ôl yn gwmni i'r brenin felly heblaw am y plentyn, heb sôn am yr holl dristwch oedd yn fwy nag y dylai unrhyw ddyn orfod ei ysgwyddo ar ei ben ei hun.*

'Mae'n rhaid i fi ailbriodi,' penderfynodd y brenin. 'Er lles fy nhywysog a fy nheyrnas, yn ogystal â mi fy hun.'

A dyna a wnaeth, â thywysoges o deyrnas gyfagos, uniad ymarferol oedd yn cryfhau'r ddwy deyrnas. Roedd hi'n ferch ifanc a theg, ac er bod ei hwyneb braidd yn chwyrn a'i thafod braidd yn llym, roedd golwg hapus iawn ar y brenin unwaith eto.

Aeth amser yn ei flaen. Tyfodd y tywysog ifanc nes ei fod bron yn ddyn, gan ddod o fewn dwy flynedd i'w ben blwydd yn ddeunaw oed a fyddai'n golygu ei fod yn cael esgyn i'r orsedd adeg marwolaeth yr hen frenin. Roedd y rhain yn ddyddiau hapus yn y deyrnas. Daeth diwedd ar y brwydro, ac roedd golwg lewyrchus ar y dyfodol yn nwylo'r tywysog ifanc, dewr.

Ond un diwrnod, dechreuodd y brenin deimlo'n sâl. Aeth si ar led ei fod yn cael ei wenwyno gan ei wraig newydd. Lledaenodd ambell stori ei bod hi wedi creu swynion er mwyn gwneud iddi edrych yn iau nag yr oedd hi mewn gwirionedd a bod gwg hen wraig hagr yn llechu o dan ei hwyneb ifanc. Ni *fyddai neb wedi synnu o glywed ei bod hi'n gwenwyno'r brenin, ond plediodd yntau ar ei wely angau ar ei ddeiliaid i beidio â'i beio hi.*

*Felly bu farw, gyda blwyddyn ar ôl cyn i'w ŵyr fod yn ddigon hen i esgyn i'r orsedd. Daeth y frenhines, ei lys-fam-gu, i'r orsedd yn ei le, gan ymdrin â materion y deyrnas nes bod y tywysog yn ddigon hen i gymryd yr awenau.*

*Ar y dechrau, er syndod i bawb, roedd ei theyrnasiad yn un da. Roedd ei hwyneb – er gwaetha'r holl sïon – yn dal i fod yn ifanc a hardd, a gwnaeth ei gorau i barhau i deyrnasu yn yr un modd â'r cyn-frenin.*

*Yn y cyfamser, serch hynny, roedd y tywysog wedi syrthio mewn cariad.*

('Ro'n i'n *gwybod*,' cwynodd Conor. 'Mae'r math 'ma o storïau wastad yn cynnwys tywysogion ffôl yn syrthio mewn cariad.' Dechreuodd gerdded 'nôl at y tŷ. 'A finnau'n meddwl bod hon yn mynd i fod yn stori *dda*.')

(Gydag un symudiad chwim, cydiodd yr anghenfil ym mhigyrnau Conor â'i law hir, gref, ei fflipio wyneb i waered, a'i ddal wrth iddo hedfan drwy'r awyr nes bod ei grys T yn crychu a'i galon yn curo yn ei ben.)

(*Fel roeddwn i'n dweud,* meddai'r anghenfil.) *Roedd y tywysog wedi syrthio mewn cariad. Dim ond merch fferm oedd hi, ond roedd hi'n hardd, ac yn alluog iawn, fel mae angen i ferched fferm fod, am fod ffermydd yn fusnesau cymhleth. Roedd y deyrnas yn falch iawn o'r uniad.*

*Ond nid felly'r frenhines. Roedd hi wedi mwynhau ei chyfnod ar yr orsedd ac yn teimlo'n hynod o gyndyn i ildio'i lle. Dechreuodd feddwl y byddai'n well o bosib i'r goron aros o fewn y teulu, ac y dylai'r deyrnas gael ei rhedeg gan y rheini oedd yn ddigon doeth i wneud hynny, a beth allai fod yn well felly nag i'r tywysog ei phriodi **hi**?*

('Mae hynny'n erchyll!' meddai Conor, yn dal i fod ben i waered. 'Roedd hi'n fam-gu iddo!')

(**Llys**-fam-gu, cywirodd yr anghenfil e. *Doedd dim perthynas waed, ac i bob pwrpas, roedd golwg gwraig ifanc arni.*)

(Ysgydwodd Conor ei ben, ei wallt yn hongian. 'Ond mae hynny'n hollol anghywir.' Tawelodd am eiliad. 'Wnei di 'ngollwng i, os gweli di'n dda?')

(Gosododd yr anghenfil e ar y llawr a pharhau â'i stori.)

*Credai'r tywysog hefyd fod priodi'r frenhines yn beth drwg. Dywedodd y byddai'n marw cyn gwneud dim byd o'r fath. Tyngodd lw y byddai'n rhedeg i ffwrdd gyda'r ferch fferm hardd a dychwelyd ar ddiwrnod ei ben blwydd yn ddeunaw oed i ryddhau ei bobl o ormes y frenhines. Felly un noson, rhedodd y tywysog a'r ferch fferm i ffwrdd gyda'i gilydd ar gefn ceffyl, gan garlamu tan doriad gwawr, ac wedyn cysgu yng nghysgod ywen anferth.*

('Ti?' holodd Conor.)

(*Fi,* meddai'r anghenfil. *Ond hefyd, dim ond rhan ohona i. Gallaf ddynwared unrhyw ffurf neu unrhyw faint, ond dwi'n teimlo fwyaf cyfforddus fel ywen.*)

*Cofleidiodd y tywysog a'r ferch fferm ei gilydd yn dynn wrth i'r haul godi. Roedden nhw wedi addo bod yn ddiwair nes y gallen nhw briodi yn y deyrnas nesaf, ond aeth eu serch yn drech na'r ddau ohonyn nhw, a chyn hir roedd y ddau'n cysgu'n noeth ym mreichiau ei gilydd.*

*Cysgodd y ddau drwy'r dydd yng nghysgod fy nghanghennau nes iddi nosi unwaith eto. Deffrodd y tywysog. 'Cwyd, f'anwylyd,' sibrydodd yng nghlust y ferch fferm, 'er mwyn i ni farchogaeth i'r diwrnod pan fyddwn ni'n ŵr a gwraig.'*

*Ond wnaeth ei gariad ddim deffro. Ysgydwodd hi, ond sylwodd o ddim ar y gwaed oedd yn gorchuddio'r ddaear nes iddi syrthio'n ôl yn swp yng ngolau'r lleuad.*

('Gwaed?' meddai Conor, ond dal ati â'i stori wnaeth yr anghenfil).

*Roedd gwaed dros ddwylo'r tywysog hefyd, a gwelodd gyllell waedlyd ar y borfa wrth eu hymyl, yn pwyso ar wreiddiau'r goeden. Roedd rhywun wedi llofruddio'i anwylyd ac wedi gwneud hynny mewn modd oedd yn awgrymu mai'r tywysog ei hun oedd wedi cyflawni'r drosedd.*

'Y frenhines!' llefodd y tywysog. 'Y frenhines sy'n gyfrifol am y brad hwn!'

*Yn y pellter, gallai glywed sŵn pentrefwyr yn agosáu. Petaen nhw'n cael hyd iddo, bydden nhw'n gweld y gyllell a'r gwaed, a bydden nhw'n meddwl mai fe oedd y llofrudd. Byddai'n cael ei ddienyddio am y drosedd.*

('A byddai'r frenhines yn gallu teyrnasu'n ddiwrthwynebiad,' mentrodd Conor, wedi'i ffieiddio. 'Gobeithio y bydd y stori hon yn gorffen â ti'n torri'i phen i ffwrdd.')

*Doedd unman i'r tywysog ddianc iddo. Cafodd ei geffyl ei yrru i ffwrdd wrth iddo gysgu. Yr ywen oedd ei unig loches.*

*A'r unig le y gallai geisio help hefyd.*

*Nawr, roedd y byd yn iau bryd hynny. Roedd y ffin rhwng pethau'n deneuach, ac yn haws pasio drwyddi. Roedd y tywysog yn gwybod hyn. Cododd ei ben tuag at yr ywen fawreddog a siarad.*

(Oedodd yr anghenfil.)

('Beth ddwedodd e?' holodd Conor.)

(*Dywedodd ddigon i beri i fi ddechrau cerdded*, meddai'r anghenfil. *Dwi'n sylweddoli'n iawn beth yw anghyfiawnder.*)

*Rhedodd y tywysog tuag at y pentrefwyr. 'Mae'r frenhines wedi lladd fy mhriodferch,' gwaeddodd. 'Rhaid rhwystro'r frenhines!'*

*Roedd y sïon am dwyll y frenhines wedi bod yn cylchdroi'n ddigon hir a'r tywysog yn cael ei garu cymaint gan y bobl nes iddyn nhw sylweddoli'n sydyn iawn beth oedd y gwir. A phan welson nhw'r Dyn Gwyrdd oedd mor uchel â'r bryniau, yn cerdded yn ddialgar y tu ôl iddo, roedden nhw'n gwbl argyhoeddedig.*

(Edrychodd Conor eto ar freichiau a choesau anferth yr anghenfil, syllodd ar ei geg ddanheddog, arw, a'i *erchyllter* anhygoel. Dychmygodd beth allai fod yn mynd trwy feddwl y frenhines wrth ei weld yn nesu.)

(Gwenodd.)

*Rhuthrodd deiliaid y deyrnas at gastell y frenhines â'r fath ffyrnigrwydd nes i gerrig y muriau ddymchwel. Disgynnodd y gwrthgloddiau a dymchwelodd nenfydau a phan ddaeth y llu o hyd i'r frenhines yn ei stafell wely, cafodd ei dal a'i thynnu allan a'i llosgi'n fyw.*

('Da iawn,' meddai Conor dan wenu. 'Dyna roedd hi'n ei haeddu.')

Edrychodd i fyny at ffenest ei stafell wely lle'r oedd ei fam-gu'n cysgu. 'Mae'n siŵr y gelli di fy helpu i gyda hi?' holodd. 'Hynny yw, ddim ei llosgi hi'n fyw na dim, ond falle dim ond–')

*Mae mwy i'r stori*, meddai'r anghenfil.

## GWEDDILL Y STORI GYNTAF

'Oes yna?' holodd Conor. 'Ond cafodd y frenhines ei diorseddu.'

*Do*, atebodd yr anghenfil. *Ond nid fi oedd yn gyfrifol am hynny.*

Oedodd Conor, wedi drysu braidd. 'Ond gwnest ti ddweud y byddai hi'n diflannu am byth.'

*Digon gwir. Pan oedd y pentrefwyr yn barod i gynnau'r tân o amgylch y frenhines i'w llosgi'n fyw, gwnes i ei hachub hi.*

'*Beth*?' holodd Conor.

*Es i â hi a'i chario'n ddigon pell fel nad oedd y pentrefwyr yn gallu dod o hyd iddi fyth eto, ymhell y tu hwnt i'r deyrnas lle ganwyd hi, i bentref ar lan y môr. A gadewais hi yno, i fyw ei bywyd mewn hedd.*

Cododd Conor ar ei draed, a sŵn ei lais yn codi wrth iddo fethu credu'i glustiau. 'Ond hi lofruddiodd y ferch fferm! Sut allet ti achub llofrudd, wir?' Yna, disgynnodd ei wep wrth iddo ddechrau camu'n ôl. 'Ti wir *yn* anghenfil.'

*Ni ddywedais i erioed mai hi lofruddiodd y ferch fferm*, meddai'r anghenfil. *Dweud gwnes i mai'r **tywysog** ddywedodd hynny.*

Roedd Conor mewn penbleth. Plethodd ei freichiau. 'Felly pwy laddodd hi?'

Agorodd yr anghenfil ei ddwylo anferth mewn modd penodol, a chododd awel, gan ddod â niwl yn ei sgil. Roedd cefn Conor at y tŷ o hyd, ond gorchuddiodd y niwl yr ardd gefn, a'i thrawsnewid yn gae ag ywen anferth yn ei ganol a dyn a dynes yn cysgu wrth ei bôn.

*Wedi iddyn nhw gyplu*, eglurodd yr anghenfil, *roedd y tywysog yn dal i fod ar ddi-hun.*

Gwyliodd Conor wrth i'r tywysog ifanc godi ar ei draed ac edrych i lawr ar y ferch fferm oedd yn dal i gysgu. Roedd Conor hyd yn oed yn gallu gweld pa mor hardd oedd hi. Gwyliodd y tywysog hi am eiliad, cyn tynnu carthen amdano a mynd draw at eu ceffyl, oedd wedi'i glymu wrth un o ganghennau'r ywen. Casglodd y tywysog rywbeth o fag y cyfrwy cyn rhyddhau'r ceffyl, a'i daro'n galed ar ei ben ôl er mwyn gwneud iddo redeg i ffwrdd. Roedd y tywysog yn dal i fyny'r hyn roedd e wedi'i gasglu o'r bag.

Cyllell, oedd yn disgleirio yng ngolau'r lleuad.

'Na!' ebychodd Conor.

Gwasgodd yr anghenfil ei ddwylo at ei gilydd a disgynnodd y niwl unwaith eto wrth i'r tywysog â'i gyllell yn ei law nesu at y ferch fferm, oedd yn dal i gysgu.

'Ond wnest ti ddweud ei fod o wedi cael ei synnu pan oedd hi heb ddeffro!' meddai Conor.

*Wedi iddo ladd y ferch fferm,* eglurodd yr anghenfil, *gorweddodd y tywysog wrth ei hymyl a mynd 'nôl i gysgu. Pan ddeffrodd, gwnaeth sioe fawr rhag ofn bod rhywun yn ei wylio. Ond hefyd, mae'n bosib y bydd hyn yn dy synnu di, ar ei gyfer ei hun.* Gwichiodd canghennau'r anghenfil. *Weithiau mae angen i bobl dwyllo'u hunain yn fwy na dim.*

'Ond wnest ti ddweud ei fod e wedi gofyn am help! A dy fod ti wedi *ei helpu*!'

*Y cyfan ddywedais i oedd ei fod wedi dweud digon i wneud i fi ddechrau cerdded.*

Roedd Conor yn syfrdan erbyn hyn wrth syllu'n ôl a 'mlaen rhwng yr anghenfil a'i ardd gefn, oedd yn dechrau ailymddangos wrth i'r niwl ddiflannu. 'Beth ddwedodd e wrthot ti?' holodd.

*Dywedodd iddo weithredu er lles y deyrnas. Mai gwrach oedd y frenhines newydd mewn gwirionedd, a bod ei dad-cu wedi tybio bod hynny'n wir adeg eu priodas, ond iddo anwybyddu'r ffaith oherwydd ei harddwch. Doedd y tywysog ddim yn gallu diorseddu gwrach bwerus ar ei ben ei hun. Roedd angen dicter y pentrefwyr arno i'w helpu. Llwyddodd i sicrhau hynny yn sgil marwolaeth y ferch fferm. Roedd yn edifar ganddo, hyd at dor calon, meddai, ond am fod ei dad ei hun wedi marw wrth amddiffyn ei deyrnas, felly hefyd ei anwylyd yntau. Diorseddu drygioni mawr oedd diben ei marwolaeth. Pan ddywedodd fod y frenhines wedi llofruddio'i briodferch, credai, yn ei ffordd ei hun, fod hyn mewn gwirionedd yn wir.*

'Sothach llwyr!' gwaeddodd Conor. 'Doedd dim angen iddo'i lladd hi. Roedd y bobl yn gefn iddo. Bydden nhw wedi'i ddilyn beth bynnag.'

*Dylid bob amser amau cyfiawnhad dynion sy'n lladd*, meddai'r anghenfil. *Felly oherwydd yr anghyfiawnder a wynebai'r frenhines, nid y tywysog, y dechreuais gerdded.*

'A gafodd e ei ddal fyth?' holodd Conor yn syn. 'Gafodd e ei gosbi?'

*Daeth yn frenin annwyl iawn*, meddai'r

anghenfil, *a deyrnasodd yn hapus weddill ei oes hir.*

Edrychodd Conor i fyny at ffenest ei stafell wely gan wgu eto. 'Felly roedd y tywysog yn llofrudd ond doedd y frenhines greulon ddim yn wrach wedi'r cwbl. Ai dyna'r foeswers yn y stori? Y dylwn i fod yn *garedig* wrthi?'

Clywodd sŵn corddi rhyfedd, oedd yn wahanol i'r arfer, ac ymhen ychydig sylweddolodd fod yr anghenfil yn *chwerthin*.

*Wyt ti'n meddwl fy mod i'n adrodd storïau i ddysgu* **gwersi** *i ti?* holodd yr anghenfil. *Wyt ti'n credu fy mod i wedi cerdded o amser a'r ddaear ei hun i ddysgu* **gwers** *i ti am* **garedigrwydd**?

Chwarddodd yn uwch ac yn uwch eto, nes bod y ddaear yn crynu a'i bod hi'n teimlo fel petai'r awyr ei hun ar fin disgyn i'r ddaear.

'Iawn, ocê,' meddai Conor, mewn embaras.

*Na, na,* meddai'r anghenfil, wedi tawelu ychydig. *Roedd y frenhines* **yn** *wrach yn bendant, a gallai'n hawdd fod ar ei ffordd i achosi drygioni difrifol. Pwy sydd i ddweud? Roedd hi'n ceisio gwneud ei gorau glas i gadw'i grym, wedi'r cyfan.*

'Ond pam wnest ti ei hachub hi?'

*Am* **nad** *oedd hi'n llofrudd.*

Cerddodd Conor o gwmpas yr ardd am ychydig, yn meddwl. Yna gwnaeth hynny eto. 'Dwi ddim yn deall. Pwy yw'r dyn da yn y stori 'te?'

*Nid oes dyn da bob tro. A does dim dyn drwg bob tro chwaith. Mae'r mwyafrif o bobl rywle yn y canol.*

Ysgydwodd Conor ei ben. 'Am stori ofnadwy. A thwyllodrus.'

*Mae'n stori **wir**, meddai'r anghenfil. Mae llawer o bethau sy'n wir yn ymddangos yn dwyllodrus. Bydd pob teyrnas yn cael y tywysogion maen nhw'n eu haeddu, mae merched fferm yn marw heb reswm, ac weithiau bydd rhinwedd mewn achub gwrachod. Yn aml iawn, mewn gwirionedd. Byddet ti'n synnu.*

Edrychodd Conor i fyny at ffenest ei stafell wely unwaith eto, gan ddychmygu'i fam-gu'n cysgu yn ei wely. 'Felly sut mae hynny i gyd i fod i fy achub i oddi wrthi hi?'

Safodd yr anghenfil yn dal ar ei draed, gan edrych i lawr ar Conor o bellter.

*Nid dy achub oddi wrthi **hi** sydd angen*, meddai.

Eisteddodd Conor i fyny'n syth ar y soffa, gan anadlu'n drwm unwaith eto.

12.07 oedd ar y cloc.

'Damo!' ebychodd Conor. 'Ydw i'n breuddwydio ai peidio?'

Cododd ar ei draed yn flin–

Gan daro bawd ei droed yn erbyn rhywbeth yn syth.

'Beth *nawr*?' cwynodd, gan bwyso'n ôl i gynnau'r golau.

O gymal yn y llawr pren, roedd coeden ifanc newydd ond hynod solet tua throedfedd o uchder wedi dechrau egino.

Syllodd Conor arni am ychydig. Yna aeth i'r gegin i nôl cyllell i'w thorri.

## DEALL

'Dwi'n maddau i ti,' meddai Lili, wrth ddal i fyny ag e ar y ffordd i'r ysgol drannoeth.

'Am beth?' holodd Conor, heb edrych arni. Roedd stori'r anghenfil yn dal i'w gorddi, yn enwedig yr holl dwyll a'r troeon annisgwyl oedd ddim yn ei helpu o gwbl. Treuliodd bron i hanner awr yn llifio'r goeden ifanc hynod wydn allan o'r llawr, a theimlai mai dim ond newydd fynd i gysgu oedd e cyn ei bod hi'n bryd codi unwaith eto, wedi i'w fam-gu ddechrau gweiddi arno am fod yn hwyr. Dywedodd wrtho fod ei fam wedi cael noson anodd a bod angen gorffwys arni, felly chafodd e ddim dweud hwyl fawr wrthi. Gwnaeth hynny iddo deimlo'n euog oherwydd os oedd ei fam wedi cael noson anodd, yna *fe* ddylai fod yno i'w helpu hi, nid ei fam-gu, oedd prin wedi rhoi cyfle iddo frwsio'i ddannedd cyn gwthio afal i'w law a'i yrru allan drwy'r drws.

'Dwi'n maddau i ti am achosi trwbwl i fi, twpsyn,' meddai Lili, heb fod yn rhy hallt.

'Ti achosodd y trwbwl,' atebodd Conor. 'Ti wthiodd Sully i'r llawr.'

'Dwi'n maddau i ti am ddweud *celwydd*,' meddai Lili, ei gwallt cyrliog wedi'i glymu'n gynffon anniben.

Dal ati i gerdded wnaeth Conor.

'Dwyt ti ddim am ddweud sori hefyd?' holodd Lili.

'Na'dw,' atebodd Conor.

'Pam?'

'Achos dwi ddim yn sori.'

'Conor–'

'Dwi ddim yn sori,' meddai Conor, cyn oedi, 'a *dwi* ddim yn maddau i *ti* chwaith.'

Syllodd y ddau ar ei gilydd yn haul clir y bore, y ddau'n benderfynol o beidio ag edrych i ffwrdd gyntaf.

'Mae Mam wedi dweud bod angen i ni dy gefnogi di,' meddai Lili o'r diwedd. 'Oherwydd dy sefyllfa di.'

Ac am eiliad, diflannodd yr haul y tu ôl i'r cymylau. Am eiliad, y cyfan roedd Conor yn gallu ei weld oedd y stormydd mellt a tharanau sydyn oedd ar y ffordd; roedd yn gallu eu *teimlo* ar fin ffrwydro yn yr awyr a thrwy'i gorff ac allan o'i ddyrnau. Am eiliad, teimlai fel y gallai gydio yn yr aer a'i chwyldroi o gwmpas Lili a'i rhwygo'n ddwy–

'Conor?' holodd Lili, yn synn.

'Dyw dy fam di ddim yn deall *dim*,' meddai. 'Na tithe chwaith.'

Cerddodd i ffwrdd oddi wrthi, a'i gadael ar ei phen ei hun.

Ychydig dros flwyddyn yn ôl roedd Lili wedi dweud wrth rai o'i ffrindiau am fam Conor, er nad oedd e wedi dweud y gallai. Dywedodd y ffrindiau hynny wrth ambell un arall, a ddywedodd wrth eraill, a chyn diwedd y dydd, roedd fel petai cylch o dir marw wedi agor o gwmpas Conor, ac yntau wedi'i amgylchynu gan ffrwydron tir roedd pawb yn ofni cerdded heibio iddyn nhw. Yn sydyn, dechreuodd y rhai roedd o'n meddwl eu bod yn ffrindiau iddo stopio siarad pan fyddai yn eu cwmni, er nad oedd ganddo lawer o ffrindiau heblaw am Lili wrth gwrs, ond *wir*. Byddai'n dal pobl yn sibrwd wrth iddo gerdded ar hyd y coridor neu amser cinio. Byddai hyd yn oed yr athrawon yn ymateb yn wahanol pan fyddai'n codi'i law yn ystod gwersi.

Felly yn y pen draw, stopiodd fynd draw at griwiau o ffrindiau, stopiodd wrando ar y sibrydion, a stopiodd hyd yn oed godi'i law.

Nid bod neb wedi sylwi. Roedd fel petai'n anweledig yn sydyn iawn.

Hon oedd y flwyddyn anoddaf iddo'i hwynebu yn yr ysgol felly roedd e'n ysu yn fwy nag erioed am weld dechrau gwyliau'r haf. Roedd ei fam yng nghanol ei thriniaeth ddwys; dywedodd wrtho droeon fod y driniaeth yn arw ond 'yn gwneud y gwaith', a bod yr amserlen hir ar fin dirwyn i ben. Y cynllun oedd y byddai hi'n gorffen y driniaeth, y byddai blwyddyn ysgol newydd yn dechrau, a byddai modd i'r ddau roi'r cyfan y tu ôl iddyn nhw a dechrau o'r newydd.

Ond nid felly'r aeth pethau. Roedd triniaeth ei fam wedi parhau'n hirach na'r bwriad gwreiddiol, gydag ail rownd i ddechrau, yna'r drydedd. Roedd ei athrawon ysgol newydd hyd yn oed yn waeth am nad oedden nhw'n ei adnabod cyn salwch ei fam. Ac roedd y plant eraill yn dal i'w drin fel mai *fe* oedd yn sâl, yn enwedig ers i Harri a'i griw ddechrau'i dargedu.

A nawr roedd ei fam-gu wedi symud i mewn ac roedd e'n breuddwydio am goed.

Neu efallai *nad* breuddwyd oedd y cyfan. A byddai hynny'n waeth byth.

Cerddodd yn ddig tua'r ysgol. Roedd yn beio Lili am mai hi *oedd* yn gyfrifol am y sefyllfa, fwy neu lai.

Roedd yn beio Lili, achos pwy arall oedd i'w feio?

Y tro hwn, roedd dwrn Harri yn ei stumog.

Syrthiodd Conor i'r llawr, gan grafu'i ben-glin ar y grisiau concrid, a rhwygo twll yn ei drowsus ysgol. Y twll oedd y peth gwaethaf. Roedd e'n un gwael iawn am wnïo.

'Wyt ti'n sâl neu rywbeth, O'Malley?' holodd Sully, gan chwerthin o'r tu ôl iddo yn rhywle. 'Ti'n syrthio bob dydd.'

'Dylet ti fynd i weld y doctor am hynny,' clywodd Anton yn dweud.

'Falle mai wedi meddwi mae e,' meddai Sully, i sŵn mwy o chwerthin, heblaw am eiliad o dawelwch rhyngddyn nhw pan sylweddolodd Conor nad oedd Harri'n chwerthin. Roedd e'n gwybod, heb edrych dros ei ysgwydd, mai dim ond ei wylio oedd Harri, yn aros i weld beth fyddai'i ymateb.

Wrth iddo godi ar ei draed, gwelodd Lili eto'n

sefyll wrth wal yr ysgol. Roedd hi yng nghwmni rhai o'r merched eraill, yn mynd 'nôl i mewn wedi amser egwyl. Doedd hi ddim yn siarad â nhw, dim ond yn edrych ar Conor wrth iddi gerdded i ffwrdd.

'Dim help gan y Pwdl Pert heddi,' meddai Sully, gan chwerthin o hyd.

'Yn ffodus i ti, Sully,' meddai Harri, gan siarad am y tro cyntaf. Doedd Conor yn dal heb droi i'w wynebu, ond roedd e'n gwybod nad oedd Harri yn chwerthin ar jôc Sully. Gwyliodd Conor Lili nes ei bod hi wedi mynd.

'Hei, *edrych* arnon ni wrth i ni siarad â ti,' meddai Sully, wedi gwylltio gan sylw Harri ac yn cydio yn ysgwydd Conor, gan ei droi o'i gwmpas.

'Paid â chyffwrdd ynddo fe,' meddai Harri, yn bwyllog a thawel, ond mor fygythiol nes i Sully gamu'n ôl ar unwaith.

'Mae O'Malley a finnau'n deall ein gilydd,' meddai Harri.

'Dim ond fi sy'n cael cyffwrdd ynddo fe. Ynte fe?'

Oedodd Conor am eiliad cyn nodio'i ben yn araf. Dyna oedd y ddealltwriaeth, mae'n debyg.

Â golwg wag ar ei wyneb o hyd a'i lygaid wedi'u hoelio ar Conor, camodd Harri i fyny'n agos ato.

Wnaeth Conor ddim camu'n ôl, gan sefyll lygad yn llygad â Harri, wrth i Anton a Sully edrych ar ei gilydd braidd yn nerfus.

Gwyrodd Harri ei ben rywfaint, fel petai rhyw gwestiwn yn ei gorddi, a'i fod yn ceisio pwyso a mesur yr ateb. Wnaeth Conor ddim symud o hyd. Roedd gweddill disgyblion ei flwyddyn eisoes wedi mynd i mewn. Roedd yn gallu teimlo'r tawelwch yn agor o'u cwmpas, ac roedd hyd yn oed Anton a Sully'n hollol dawel. Byddai'n rhaid iddyn nhw fynd cyn hir. Roedd angen iddyn nhw fynd *nawr*.

Ond symudodd neb.

Cododd Harri ddwrn a'i dynnu'n ôl er mwyn ei anelu at wyneb Conor.

Chamodd Conor ddim 'nôl eto. Symudodd e ddim. Y cyfan wnaeth e oedd syllu i lygaid Harri, yn aros i'r ergyd lanio.

Ond wnaeth hi ddim.

Gostyngodd Harri ei ddwrn, a'i gollwng yn araf wrth ei ochr, gan ddal i syllu ar Conor. 'Ie,' meddai o'r diwedd, yn dawel, fel petai wedi canfod ei ateb. 'Dyna roeddwn i'n feddwl.'

Ac yna, unwaith eto, daeth Llais y Farn.

'Chi, fechgyn!' gwaeddodd Miss Kwan, gan groesi'r iard tuag atyn nhw fel arswyd ar ddwy goes. 'Mae amser egwyl wedi gorffen ers tair munud! Pam rydych chi 'ma o hyd?'

'Sori, Miss,' meddai Harri, ei lais yn dyner yn sydyn. 'Trafod gwaith cartref Storïau Bywyd Mrs Marl oedden ni gyda Conor, gan anghofio am yr amser.' Trawodd law ar ysgwydd Conor fel petaen nhw wedi bod yn ffrindiau erioed. 'Does neb yn gwybod mwy am storïau na Conor fan hyn.' Edrychodd yn ddifrifol ar Miss Kwan. 'Ac mae siarad yn help mawr iddo.'

'Wrth gwrs,' gwgodd Miss Kwan, 'tebygol iawn. Dyma rybudd cyntaf i bob un ohonoch chi sydd yma. Un broblem arall heddiw, a bydd cyfnod cosb i bob un ohonoch chi.'

'Iawn, Miss,' atebodd Harri'n sionc, wrth i Anton a Sully sibrwd yr un peth. Ymlusgodd pawb 'nôl i'r dosbarth, a Conor yn eu dilyn ryw fetr neu ddau y tu ôl iddyn nhw.

'Gawn ni sgwrs am eiliad, plis, Conor,' meddai Miss Kwan.

Stopiodd a throi ati, heb edrych i fyny ar ei hwyneb.

'Wyt ti'n siŵr bod popeth yn iawn rhyngot ti a'r

bechgyn yna?' holodd Miss Kwan, gan ddefnyddio'i llais 'caredig', a oedd ddim ond ychydig yn llai brawychus na gweiddi llawn.

'Ydw, Miss,' atebodd Conor, gan osgoi edrych arni o hyd.

'Achos dwi ddim yn ddall i ddulliau gweithredu Harri, wyddost ti,' meddai. 'Mae bwli â charisma, marciau llawn neu beidio, yn dal i fod yn fwli.' Ebychodd yn ddig. 'Gallai fod yn Brif Weinidog ryw ddydd. Duw â'n helpo!'

Ddywedodd Conor yr un gair, ac roedd rhyw ansawdd arbennig i'r tawelwch, un roedd e'n gyfarwydd ag ef, wrth i gorff Miss Kwan symud 'mlaen, ei hysgwyddau'n disgyn, a'i phen yn pwyso i lawr tuag at ben Conor.

Roedd e'n gwybod beth oedd i ddod. Roedd e'n gwybod ac roedd e'n casáu hynny.

'Alla i ddim dychmygu'r hyn sy'n dy wynebu di, Conor,' meddai Miss Kwan, mor dawel nes bron sibrwd, 'ond os byddi di byth eisie siarad, mae 'nrws i ar agor bob amser.'

Doedd e ddim yn gallu edrych arni, ddim yn gallu gweld y gofal, ddim yn gallu *goddef* clywed hynny yn ei llais hi. (Am nad oedd e yn ei haeddu.)

(Fflachiodd yr hunllef o'i flaen, y sgrechian a'r arswyd, a'r hyn ddigwyddodd ar y diwedd–)

'Dwi'n iawn, Miss,' mwmiodd, gan edrych ar ei esgidiau. 'Dwi ddim yn wynebu unrhyw beth.'

Ymhen eiliad, clywodd Miss Kwan yn ochneidio eto. 'Iawn, felly,' meddai. 'Anghofia am y rhybudd cyntaf a dere'n ôl i mewn i'r ysgol.' Anwesodd ei ysgwydd a chroesi'r iard tuag at y drysau.

Ac am eiliad, roedd Conor ar ei ben ei hun yn llwyr.

Roedd e'n gwybod yn syth y gallai aros allan yno drwy'r dydd yn ôl pob tebyg heb gael unrhyw gosb.

Rywsut, gwnaeth hynny iddo deimlo'n waeth o lawer.

## MÂN SIARAD

Wedi'r ysgol, roedd ei fam-gu'n disgwyl amdano ar y soffa.

'Mae angen i ni gael sgwrs fach,' meddai cyn iddo hyd yn oed gau'r drws, ac roedd rhyw olwg ar ei hwyneb a wnaeth iddo sefyll yn stond. Golwg a wnaeth i'w stumog frifo.

'Beth sy'n bod?' holodd.

Anadlodd ei fam-gu'n hir ac yn swnllyd drwy ei thrwyn gan syllu allan drwy'r ffenest ffrynt, fel petai'n casglu ei meddyliau. Edrychai fel aderyn ysglyfaethus. Gwalch a fyddai'n gallu cipio dafad.

'Mae'n rhaid i dy fam fynd 'nôl i'r ysbyty,' meddai. 'Bydd rhaid i ti ddod i aros gyda fi am rai dyddiau. Bydd angen i ti bacio bag.'

Symudodd Conor ddim modfedd. 'Beth sy'n bod arni?'

Agorodd llygaid ei fam-gu'n fawr am eiliad, fel

petai'n methu deall ei fod wedi gofyn cwestiwn
mor anhygoel o dwp. Yna ildiodd. 'Mae'n boenus
iawn,' meddai. 'Yn fwy poenus nag y dylai fod.'

'Mae ganddi foddion ar gyfer y boen–'
mentrodd Conor, ond rhoddodd ei fam-gu glap
*uchel* â'i dwylo, yn ddigon uchel i wneud iddo
stopio siarad.

'Dyw e ddim yn gweithio, Conor,' meddai, yn
swta, gan ymddangos fel petai hi'n edrych ychydig
dros ei ben yn hytrach nac arno. 'Dyw e ddim yn
gweithio.'

'Beth sydd ddim yn gweithio?'

Clapiodd ei fam-gu ei dwylo eto, yn ysgafn y tro
hwn, fel petai hi'n eu profi nhw neu rywbeth, cyn
edrych allan drwy'r ffenest eto, a'r cyfan gan gadw'i
cheg ar gau'n dynn. Cododd ar ei thraed o'r diwedd,
gan ganolbwyntio ar lyfnhau ei ffrog.

'Mae dy fam lan lofft,' meddai. 'Mae hi eisie
siarad â ti.'

'Ond–'

'Mae dy dad yn hedfan i mewn ddydd Sul.'

Ymsythodd. 'Mae *Dad* yn dod?'

'Mae gen i alwadau ffôn i'w gwneud,' meddai,
gan gerdded heibio iddo ac allan drwy'r drws
ffrynt, yn estyn am ei ffôn symudol.

'Pam mae Dad yn dod?' gwaeddodd ar ei hôl.

'Mae dy fam yn aros amdanat ti,' meddai, gan gau'r drws ffrynt ar ei hôl.

Doedd Conor ddim hyd yn oed wedi cael cyfle i roi ei rycsac i lawr.

Roedd ei dad yn dod. Ei *dad*. O *America*. Oedd heb ddod i'w weld ers y Nadolig cyn diwethaf. Yr un roedd ei wraig bob amser fel petai'n dioddef o ryw argyfwng meddygol funud olaf a oedd yn ei gadw rhag ymweld â nhw'n amlach, yn enwedig ers i'r babi gael ei eni. Tyfu ar wahân wnaeth Conor a'i dad, ac yntau wedi dechrau cyfarwyddo â pheidio â'i weld wrth i'r ymweliadau a'r galwadau ffôn ddigwydd yn llai aml.

Roedd ei dad yn dod.

Pam?

'Conor?' clywodd lais ei fam yn galw arno.

Doedd hi ddim yn ei stafell. Roedd hi yn ei stafell *e*, yn gorwedd ar ei wely ar ben y cwrlid, yn syllu allan drwy'r ffenest ar y fynwent ar y bryn.

A'r ywen.

Yn ddim mwy nag ywen.

'Hei, cariad,' meddai, gan wenu arno o'i

gorweddfan, ond gallai ddweud o'r llinellau o gwmpas ei llygaid ei bod hi'n boenus, boenus iawn. Dim ond unwaith o'r blaen roedd wedi'i gweld hi fel hyn. Roedd rhaid iddi fynd i'r ysbyty y tro hwnnw hefyd a chafodd hi ddim dod allan am bron i bythefnos. Pasg diwethaf oedd hynny, a bu'r wythnosau draw yng nghartref ei fam-gu bron â lladd y ddau ohonyn nhw.

'Beth sy'n bod?' holodd. 'Pam wyt ti'n mynd 'nôl i'r ysbyty?'

Anwesodd ei fam y cwrlid wrth ei hymyl ac annog Conor i ddod i eistedd gyda hi.

Arhosodd yn ei unfan. 'Beth sy'n bod?'

Roedd hi'n dal i wenu, ond roedd y wên yn dynnach nawr, a dilynai ei bysedd amlinell y patrwm brodwaith ar y cwrlid – eirth brown roedd Conor wedi hen dyfu allan ohonyn nhw. Roedd hi wedi clymu ei sgarff rhosod coch am ei phen, ond yn llac, ac roedd Conor yn gallu gweld ei phen gwelw oddi tani. Doedd e ddim yn credu ei bod hi hyd yn oed wedi esgus trio rhai o hen wigs ei fam-gu.

'Dwi'n mynd i fod yn iawn,' meddai. 'Wir nawr.'

'Wyt ti?' holodd.

'Ry'n ni wedi bod 'ma o'r blaen, Conor,' meddai. 'Felly paid â phoeni. Dwi wedi bod yn teimlo'n sâl iawn ac o fynd i mewn maen nhw'n gallu cael trefn ar bethau. Dyna fydd yn digwydd y tro hwn.' Anwesodd y cwrlid unwaith eto. 'Pam na wnei di eistedd ar bwys dy hen fam flinedig?'

Llyncodd Conor, ond roedd ei gwên yn fwy disglair a – gallai ddweud – roedd hon yn wên go iawn. Aeth draw ati ac eistedd wrth ei hymyl gan wynebu'r ffenest. Rhedodd hithau ei bysedd drwy ei wallt, a'i godi allan o'i lygaid, ac roedd yn gallu gweld pa mor denau oedd ei braich, bron yn ddim ond croen ac asgwrn.

'Pam mae Dad yn dod?' holodd.

Oedodd ei fam am eiliad, cyn rhoi ei llaw 'nôl yn ei chôl. 'Dwyt ti ddim wedi'i weld e ers tipyn. Wyt ti'n edrych 'mlaen?'

'Dyw Mam-gu ddim i weld yn rhy hapus.'

Wfftiodd ei fam. 'Wel, ti'n gwybod beth yw ei barn hi am dy dad. Paid â gwrando arni. Mwynha'r ymweliad.'

Eisteddodd y ddau mewn tawelwch am ychydig. 'Mae rhywbeth arall,' meddai Conor o'r diwedd. 'On'd oes e?'

Teimlodd ei fam yn eistedd i fyny ychydig yn fwy syth ar ei chlustog. 'Edrych arna i, cariad,' meddai'n dyner.

Trodd ei ben i edrych arni, er y byddai wedi talu miliwn o bunnoedd i beidio â gorfod gwneud hynny.

'Dyw'r driniaeth diweddara' 'ma ddim yn gweithio fel y dylai,' meddai. 'Y cyfan mae hynny'n ei olygu yw y bydd yn rhaid iddyn nhw ei haddasu ychydig, trio rhywbeth arall.'

'A dyna i gyd?' holodd Conor.

Nodiodd ei phen. 'Dyna i gyd. Mae llawer mwy y gallan nhw ei wneud. Mae'n normal. Paid â phoeni.'

'Wyt ti'n siŵr?'

'Siŵr.'

'Achos,' a dyma lle'r oedodd Conor am eiliad ac edrych i lawr ar y llawr. 'Achos gallet ti ddweud wrtha i, ti'n gwybod.'

Ac yna teimlodd ei breichiau amdano, ei breichiau tenau, tenau, a oedd yn arfer bod mor feddal wrth iddi ei gofleidio. Ddywedodd hi ddim gair, dim ond gafael ynddo. Dechreuodd edrych allan drwy'r ffenest eto ac ymhen ychydig, trodd ei fam i edrych hefyd.

'Ywen yw honna,' meddai o'r diwedd.

Rholiodd Conor ei lygaid, ond mewn ffordd garedig. 'Wrth gwrs, Mam. Ti wedi dweud hynny wrtha i ganwaith.'

'Cadw lygad arni tra bydda i o 'ma, wnei di?' meddai. 'Gwna'n siŵr ei bod hi 'ma o hyd erbyn i fi ddod 'nôl.'

Ac roedd Conor yn gwybod mai dyma'i ffordd hi o ddweud ei *bod* hi'n dod 'nôl, felly nodiodd ei ben wrth i'r ddau hoelio'u sylw ar y goeden.

Doedd hi'n ddim mwy na choeden, waeth pa mor hir roedd y ddau'n syllu arni.

TŶ MAM-GU

Pum diwrnod. Doedd yr anghenfil ddim wedi galw ers pum diwrnod.

Efallai oherwydd nad oedd e'n gwybod ble'r oedd Mam-gu'n byw. Neu efallai ei fod e'n rhy bell iddo. Doedd ganddi fawr o ardd beth bynnag, er bod ei chartref *lawer* yn fwy na chartref Conor a'i fam. Roedd ei gardd hi'n llawn siediau a phwll dŵr o gerrig a 'swyddfa' paneli pren roedd hi wedi'i gosod ar hyd yr hanner cefn, lle'r oedd hi'n gwneud y rhan fwyaf o'i gwaith yn gwerthu tai, swydd oedd mor ddiflas fyddai Conor fyth yn gwrando ar fwy na'r frawddeg gyntaf o'i disgrifiad ohoni. Llwybrau brics a photiau blodau oedd popeth arall wedyn. Doedd dim lle i goeden o gwbl. Doedd dim hyd yn oed *porfa* yno.

'Paid ag aros fanna'n rhythu, 'machgen i,' meddai ei fam-gu, gan bwyso allan o'r drws cefn wrth wisgo un o'i chlustdlysau. 'Bydd dy dad 'ma chwap, a dwi'n mynd i weld dy fam.'

'Do'n i ddim yn rhythu,' atebodd Conor.

'Beth yw'r ots? Dere mewn.'

Diflannodd Mam-gu i mewn i'r tŷ, ac ymlwybrodd Conor yn araf ar ei hôl. Dydd Sul oedd hi, y diwrnod y byddai ei dad yn cyrraedd o'r maes awyr. Byddai'n galw yma i nôl Conor, a byddai'r ddau'n mynd i weld ei fam, ac yna bydden nhw'n treulio amser 'tad a mab' gyda'i gilydd. Roedd Conor bron yn siŵr bod hynny'n golygu rownd arall o Mae Angen I Ni Gael Sgwrs Fach.

Fyddai ei fam-gu ddim yno pan fyddai ei dad yn cyrraedd. Roedd hynny'n siwtio pawb.

'Symuda dy rycsac oddi wrth y drws ffrynt, plis,' meddai, gan gerdded heibio iddo a chydio yn ei bag llaw. 'Dwi ddim am iddo fe feddwl ein bod ni'n byw mewn twlc.'

'Does fawr o siawns o hynny,' wfftiodd Conor wrth iddi fynd i gael sbec ar ei minlliw yn nrych y cyntedd.

Roedd cartref ei fam-gu'n lanach na stafell ei fam yn yr ysbyty. Roedd Marta, y ddynes lanhau, yn dod bob dydd Mercher, ond doedd Conor ddim yn deall pam roedd hi'n dod. Byddai ei fam-gu'n codi ben bore i hwfro, yn golchi dillad bedair gwaith yr wythnos, ac unwaith roedd hi wrthi'n glanhau'r bath ganol nos cyn mynd i'r gwely. Fyddai hi fyth yn gadael i'r llestri swper gyffwrdd â'r sinc ar eu ffordd i'r peiriant golchi llestri, gan unwaith gipio plât o afael Conor er nad oedd wedi gorffen bwyta'i fwyd.

'Gwraig yn ei hoed a'i hamser, yn byw ar ei phen ei hun,' meddai o leiaf unwaith bob dydd, 'os na wna i gadw trefn ar bethau, pwy wnaiff?'

Dywedodd hynny fel petai'n her, fel petai'n annog Conor i ateb.

Byddai hi'n ei yrru i'r ysgol, a byddai'n cyrraedd yno'n gynnar bob dydd, er bod y daith yn dri chwarter awr. Byddai hefyd yn aros amdano wedi i'r ysgol orffen, gan yrru'r ddau ohonyn nhw i'r ysbyty i weld ei fam. Wedi aros am ryw awr, llai os byddai'i fam yn rhy flinedig i siarad – a oedd wedi digwydd ddwywaith yn ystod y pum diwrnod blaenorol – byddai'r ddau'n mynd adref i dŷ Mam-gu, lle byddai hi'n gwneud iddo orffen ei waith cartre wrth iddi hi archebu unrhyw fath o fwyd têc-awê nad oedden nhw wedi'i fwyta eisoes.

Roedd yn debyg i'r cyfnod hwnnw y treuliodd

Conor a'i fam mewn lleety gwely a brecwast yng Nghernyw un haf. Ond yn lanach. Ac yn fwy caeth.

'Nawr, Conor,' meddai, gan wisgo siaced ei siwt. Dydd Sul oedd hi ond doedd ganddi ddim tai i'w dangos, felly doedd e ddim yn hollol siŵr pam roedd hi'n gwisgo mor smart ddim ond i fynd i'r ysbyty. Roedd hi'n amau mai gwneud i'w dad deimlo'n anghyfforddus oedd y bwriad.

'Mae'n bosib na fydd dy dad yn sylwi pa mor flinedig mae dy fam, ti'n deall?' meddai. 'Felly bydd yn rhaid i ni weithio gyda'n gilydd i sicrhau nad yw e'n aros yn rhy hir.' Taflodd gip arall arni hi'i hun yn y drych cyn sibrwd. 'Nid bod *hynny* wedi bod yn broblem.'

Trodd ato, codi llaw'n sydyn a dweud, 'Cymer ofal.'

Cleciodd y drws y tu ôl iddi. Roedd Conor ar ei ben ei hun yn y tŷ.

Aeth i fyny i'r stafell sbâr lle'r oedd e'n cysgu. Roedd ei fam-gu'n cyfeirio ati fel ei stafell *e*, ond y stafell sbâr oedd ei enw e arni, a byddai ei fam-gu'n ysgwyd ei phen a sibrwd dan ei hanadl bob amser.

Ond beth roedd hi'n ei ddisgwyl? Doedd y stafell ddim yn *edrych* fel ei stafell e. Doedd hi ddim yn edrych fel stafell *neb*, ac yn bendant ddim fel stafell bachgen yn ei arddegau. Roedd y waliau'n wyn ac yn foel heblaw am dri llun gwahanol o longau hwylio, sef syniad ei fam-gu o'r hyn ddylai fod mewn stafell bachgen. Roedd y cynfasau a'r cwrlid yn wyn llachar hefyd, yn ddigon i'ch dallu, a'r unig ddodrefnyn arall yn y stafell oedd cwpwrdd derw oedd yn ddigon mawr i chi fwyta cinio ynddo.

Roedd hon yn gallu bod yn stafell i unrhyw un mewn unrhyw gartref ar unrhyw blaned. Doedd e ddim hyd yn oed yn hoffi bod *ynddi*, hyd yn oed er mwyn dianc rhag ei fam-gu. Dim ond dod i fyny i nôl llyfr oedd e nawr gan fod ei fam-gu wedi gwahardd gemau cyfrifiadur o'r tŷ. Twriodd am un yn ei fag cyn troi ar ei sawdl, a sbecian allan drwy'r ffenest i'r ardd gefn wrth fynd.

Dim ond llwybrau cerrig, siediau a'r swyddfa o hyd.

Dim byd o gwbl yn syllu'n ôl arno.

Roedd y lolfa'n un o'r stafelloedd hynny lle nad oedd neb wir yn lolian go iawn. Doedd dim hawl gan Conor fynd i mewn yno o gwbl, rhag ofn iddo staenio'r clustogau rywsut. Felly – yn amlwg – dyma lle'r aeth e i ddarllen ei lyfr wrth aros am ei dad.

Gwnaeth ei hun yn gyfforddus ar ei soffa, un â choesau pren mor denau nes ei bod hi'n edrych fel petai hi'n gwisgo sgidiau sodlau uchel. Roedd cwpwrdd gwydr gyferbyn, yn llawn platiau'n cael eu harddangos, a chwpanau te â chymaint o addurniadau cywrain arnyn nhw roedd hi'n anodd dychmygu yfed allan ohonyn nhw heb niweidio'ch gwefusau. Yn hongian uwchben y lle tân roedd hoff gloc ei fam-gu, a dim ond hi fyddai'n cael cyffwrdd â hwnnw. Crair a etifeddwyd gan ei mam hithau oedd hwn, ac roedd ei fam-gu wedi bygwth ers blynyddoedd i fynd ag e i gael ei werthuso ar yr *Antiques Roadshow*. Roedd ganddo bendil go iawn yn symud 'nôl a 'mlaen oddi tano, a byddai'n canu hefyd, bob chwarter awr, yn ddigon uchel i wneud i chi neidio os nad oeddech chi'n ei ddisgwyl.

Roedd yr holl stafell fel amgueddfa o fywyd pobl 'slawer dydd. Doedd dim teledu hyd yn oed. Roedd hwnnw yn y gegin a bron byth yn cael ei ddefnyddio.

Darllenodd. Beth arall oedd yna i'w wneud?

Roedd wedi gobeithio siarad â'i dad cyn iddo hedfan draw o America, ond gyda'r ymweliadau â'r ysbyty a'r gwahaniaeth amser a phennau tost cyfleus y wraig newydd, byddai'n rhaid aros iddo gyrraedd cyn cael sgwrs.

Pryd bynnag byddai hynny. Edrychodd Conor ar bendil y cloc. Deunaw munud i un. Byddai'n canu ymhen tair munud.

Tair munud wag, dawel.

Sylweddolodd ei fod mewn gwirionedd yn nerfus. Roedd tipyn o amser wedi mynd heibio ers iddo weld ei dad wyneb yn wyneb heblaw dros Skype. A fyddai'n edrych yn wahanol? A fyddai *Conor* yn edrych yn wahanol?

A dyna'r cwestiynau eraill wedyn. Pam roedd e'n dod *nawr*? Doedd ei fam ddim yn edrych yn dda, ac yn edrych hyd yn oed yn waeth wedi pum diwrnod yn yr ysbyty, ond roedd hi'n dal yn obeithiol am y feddyginiaeth newydd roedd hi'n ei chael. Roedd sawl mis eto tan y Nadolig ac roedd pen blwydd Conor wedi hen basio. Felly pam nawr?

Edrychodd ar y llawr, ei ganol wedi'i orchuddio â rỳg hirgrwn, hynod ddrudfawr a hynafol ei olwg. Estynnodd lawr a chodi'i ymyl, gan edrych ar y pren sgleiniog islaw. Roedd cwlwm yn un o'r ystyllod. Rhedodd ei fys drosto, ond roedd yr ystyllen mor hen a llyfn, doedd hi ddim yn bosib dweud y gwahaniaeth rhwng y cymal â gweddill y pren.

'Wyt ti yno?' sibrydodd Conor.

Neidiodd wrth i gloch y drws ganu. Tasgodd oddi ar y soffa ac allan o'r lolfa, gan deimlo'n fwy cyffrous na'r disgwyl. Agorodd y drws ffrynt.

Dyna lle'r oedd ei dad, yn edrych yn hollol wahanol ond yn union yr un peth.

'Hei, Conor,' meddai ei dad, ei lais yn crymu rywfaint dan ddylanwad acen Americanaidd.

Gwenodd Conor yn fwy nag oedd wedi'i wneud yn ystod y flwyddyn ddiwethaf.

CHAMP

'Sut mae pethau gyda ti, *champ*?' holodd ei dad wrth aros i'r gweinydd ddod â'u pizzas.

'*Champ*?' holodd Conor, gan godi ael yn amheus.

'Sori,' meddai ei dad, gan wenu'n wylaidd. 'Mae iaith America'n hollol wahanol.'

'Mae dy lais di'n swnio'n fwy doniol bob tro y bydda i'n siarad â ti.'

'Ie, wel.' Dechreuodd ei dad chwarae â'i wydr gwin. 'Mae'n dda dy weld.'

Cymerodd Conor lymaid o'i Coke. Roedd ei fam yn teimlo'n sobor o sâl pan gyrhaeddon nhw'r ysbyty. Bu rhaid iddyn nhw aros i'w fam-gu'i helpu allan o'r toiled, ac yna roedd hi mor flinedig, y cyfan y gallai hi ddweud mewn gwirionedd oedd 'Helô, cariad,' wrth Conor a 'Helô, Liam,' wrth ei dad cyn mynd 'nôl i gysgu eto. Arweiniodd ei fam-gu nhw allan funudau'n ddiweddarach, â golwg ar ei hwyneb nad oedd hyd yn oed ei dad yn barod i ddadlau â hi.

'Mae dy fam, ym,' meddai ei dad wedyn, gan graffu ar ddim byd penodol. 'Mae hi'n ddewr, on'd yw hi?'

Cododd Conor ei ysgwyddau.

'Felly, sut wyt *ti*'n ymdopi, Con?'

'Rhaid mai dyna'r wyth canfed tro i ti ofyn hynny i fi ers i ti gyrraedd,' meddai Conor.

'Sori,' meddai ei dad.

'Dwi'n *iawn*,' atebodd Conor. 'Mae Mam ar y feddyginiaeth newydd yma. Mae'n siŵr o'i gwella. Mae hi'n edrych yn sâl, ond mae hi wedi bod felly o'r blaen. Pam mae pawb yn ymddwyn fel–?'

Oedodd a chymryd llymaid arall o'i Coke.

'Ti'n iawn, Conor,' meddai ei dad. 'Ti'n berffaith iawn.' Troellodd ei wydr gwin yn araf unwaith ar y bwrdd. 'Cofia,' meddai. 'Bydd angen i tithau fod yn ddewr drosti hi, Con. Bydd angen i ti fod yn sobor, sobor o ddewr drosti.'

'Ti'n siarad fel rhywun ar raglen deledu Americanaidd.'

Chwarddodd ei dad yn dawel. 'Mae dy chwaer di'n dod yn ei blaen yn dda. Bron yn cerdded.'

'*Hanner* chwaer,' ychwanegodd Conor.

'Dwi'n ysu i ti gwrdd â hi,' meddai ei dad. 'Bydd rhaid i ni drefnu ymweliad cyn bo hir. Dros y Nadolig o bosib. Fyddet ti'n hoffi hynny?'

Edrychodd Conor i fyw llygaid ei dad. 'Beth am Mam?'

'Dwi wedi trafod y peth gyda dy fam-gu. Doedd ganddi hi ddim gwrthwynebiad, cyn belled â'n bod ni'n dy gael di 'nôl erbyn dechrau'r tymor ysgol newydd.'

Rhedodd Conor ei law ar hyd ymyl y bwrdd. 'Felly, dim ond ar ymweliad byddwn i 'te?'

'Beth wyt ti'n feddwl?' holodd ei dad, wedi'i synnu braidd. 'Ymweliad yn hytrach na …' Wnaeth e ddim gorffen ei frawddeg, ac roedd Conor yn gwybod ei fod wedi sylweddoli beth oedd ar ei feddwl. 'Conor–'

Ond yn sydyn, doedd Conor ddim eisiau iddo ddweud mwy. 'Mae coeden wedi bod yn ymweld â fi,' meddai, gan siarad yn gyflym, ac yn dechrau plicio'r label oddi ar ei botel Coke. 'Mae'n dod i'r tŷ yn y nos, ac yn adrodd storïau.'

Edrychodd ei dad arno mewn penbleth. '*Beth?*'

'Ro'n i'n amau mai breuddwydio roeddwn i ar y dechrau,' meddai Conor, gan grafu'r label ag ewin ei fys bawd, 'ond wedyn ro'n i'n canfod dail o hyd wrth ddeffro a choed ifanc yn tyfu allan o'r llawr. Dwi wedi bod yn eu cuddio nhw i gyd rhag i neb arall wybod.'

'Conor–'

'Dyw e heb ddod i dŷ Mam-gu eto. Ro'n i'n amau ei bod hi'n byw rhy bell i ffwrdd–'

'Am beth wyt ti–?'

'Ond does dim ots am hynny os mai breuddwyd yw'r cyfan, oes e? Pam na allai breuddwyd gerdded o un pen o'r dref i'r llall? Ddim os yw hi mor hen â'r ddaear ac mor fawr â'r byd–'

'Conor, *stopia* hyn–'

'*Dwi ddim eisie byw gyda Mam-gu*,' mentrodd Conor, ei lais yn gadarn ar unwaith ac yn gryg nes iddo bron ei dagu. Hoeliodd ei lygaid ar label ei botel Coke, ewin ei fawd yn crafu'r papur gwlyb i ffwrdd. 'Pam 'mod i ddim yn gallu dod i fyw gyda ti? Pam 'mod i ddim yn gallu dod i America?'

Llyfodd ei dad ei wefusau. 'Sôn wyt ti am pan– '

'Tŷ hen ddynes yw tŷ Mam-gu,' meddai Conor.

Dechreuodd ei dad chwerthin yn dawel. 'Atgoffa fi i ddweud wrthi dy fod ti wedi'i galw hi'n hen ddynes.'

'Does dim hawl cyffwrdd yn unrhyw beth nac eistedd yn unman,' meddai Conor. 'Chei di ddim gadael annibendod yn unman, ddim hyd yn oed am ddwy eiliad. A dim ond allan yn ei swyddfa mae cysylltiad â'r we, a dwi ddim yn cael mynd i fanna.'

'Dwi'n siŵr y gallwn ni drafod hynny â hi. Dwi'n siŵr y gallwn ni wneud pethau'n haws, ac yn fwy cyfforddus i ti yno.'

'Dwi ddim *eisie* bod yn gyfforddus yno!' meddai Conor, gan godi'i lais. 'Dwi eisie fy stafell fy hun yn fy nghartre fy hun.'

'Allet ti ddim cael hynny yn America,' eglurodd ei dad. 'Dim ond digon o le i'r tri ohonon ni sydd gyda ni, Con. Mae gan dy fam-gu lawer mwy o arian a lle na ni. Hefyd, dyma lle mae dy ysgol di, dy ffrindiau di. Mae dy holl *fywyd* di 'ma. Fyddai hi ddim yn deg i fynd â ti i ffwrdd oddi wrth hynny i gyd.'

'Yn annheg i bwy?' holodd Conor.

Ochneidiodd ei dad. 'Dyma ro'n i'n ei feddwl,' meddai. 'Dyma ro'n i'n ei feddwl pan ddywedais i y byddai'n rhaid i ti fod yn ddewr.'

'Dyna beth mae pawb yn ei ddweud,' meddai Conor. 'Dyw hynny ddim yn golygu unrhyw beth.'

'Sori,' meddai ei dad. 'Dwi'n gwybod bod

pethau'n ymddangos yn annheg, a hoffwn i petai pethau'n wahanol–'

'Wir?'

'*Wrth gwrs.*' Pwysodd ei dad ar draws y bwrdd. 'Ond dyma'r ffordd orau. Gei di weld.'

Llyncodd Conor, gan osgoi edrych ei dad. Yna llyncodd eto. 'Allwn ni drafod y peth eto pan fydd Mam yn well?

Pwysodd ei dad yn ôl yn araf yn ei gadair eto. 'Wrth gwrs y gallwn ni, *buddy*. Fe wnawn ni hynny'n bendant.'

Craffodd Conor arno eto. '*Buddy*?'

Gwenodd ei dad. 'Sori.' Cododd ei wydryn gwin a chymryd llymaid oedd yn ddigon hir i orffen ei gynnwys i gyd. Gosododd y gwydryn i lawr gan ochneidio, cyn edrych yn ymholgar ar Conor. 'Beth roeddet ti'n ei ddweud am y goeden eto?'

Ond daeth y gweinydd a thawelodd y ddau wrth iddo osod y *pizzas* o'u blaenau. 'Americano,' gwgodd Conor, gan edrych i lawr ar ei fwyd. 'Petai'n gallu siarad, tybed a fyddai'n swnio'n debyg i ti?'

## MAE GWYLIAU AMERICANWYR YN BRIN

'Dwi ddim yn meddwl bod dy fam-gu gartre eto,' meddai tad Conor wrth barcio'i gar benthyg o flaen ei thŷ.

'Mae hi'n mynd 'nôl i'r ysbyty weithiau wedi i fi fynd i'r gwely,' meddai Conor. 'Mae'r nyrsys yn gadael iddi gysgu mewn cadair.'

Nodiodd ei dad ei ben. 'Falle nad yw hi'n fy hoffi hi,' meddai, 'ond dyw hynny ddim yn meddwl ei bod hi'n ddrwg i gyd.'

Syllodd Conor allan o'r ffenest yn ei thŷ. 'Am faint wyt ti yma?' holodd. Roedd e wedi osgoi gofyn y cwestiwn tan nawr.

Gollyngodd ei dad anadl hir, y math o anadliad oedd yn dynodi bod newyddion drwg ar y ffordd. 'Dim ond ychydig ddyddiau, dwi'n ofni.'

Trodd Conor ato. 'Dyna *i gyd*?'

'Mae Gwyliau Americanwyr yn brin.'

'Ond dwyt ti ddim yn Americanwr.'

'Ond dyna lle dwi'n byw nawr.' Gwenodd. 'Ti yw'r un sydd wedi bod yn tynnu 'nghoes i am fy acen drwy'r nos.'

'Pam dod 'te?' holodd Conor. 'Pam ffwdanu dod o gwbl?'

Oedodd ei dad am eiliad cyn ateb.

'Dod wnes i am fod dy fam wedi gofyn i fi wneud.' Edrychodd fel petai am ddweud mwy, ond wnaeth e ddim.

Ddywedodd Conor ddim gair chwaith.

'Fe wna i ddod 'nôl,' meddai ei dad. 'Pan fydd angen i fi.' Gloywodd ei lais. 'A galli di ddod i ymweld â ni dros y Nadolig! Bydd hynny'n hwyl.'

'I'ch cartref bach cyfyng chi lle does 'na ddim lle i fi,' wfftiodd Conor.

'Conor–'

'Ac mi wna i ddod 'nôl 'ma wedyn i gael mynd i'r ysgol.'

'Con–'

'Pam wnest ti ddod 'nôl?' Holodd Conor eto, a'i lais yn isel.

Wnaeth ei dad ddim ateb. Roedd y tawelwch yn y car mor llethol gallai'r ddau fod yn eistedd ar ochrau cyferbyn ceunant. Yna, estynnodd ei dad ei law at ysgwydd Conor, ond plygodd Conor yn ei flaen ac agor drws y car er mwyn dianc.

'*Aros*, Conor.'

Arhosodd Conor ond heb edrych 'nôl.

'Wyt ti eisie i fi ddod i mewn nes bod hi'n cyrraedd adre?' holodd ei dad. 'Cadw cwmni i ti?'

'Dwi'n iawn ar fy mhen fy hun,' meddai Conor, wrth adael y car.

Roedd y tŷ'n dawel pan gerddodd i mewn. Pam na fyddai?

Roedd ar ei ben ei hun.

Ymgartrefodd ar y soffa ddrudfawr unwaith eto, gan wrando arni'n ochneidio wrth iddo ddisgyn 'nôl arni. Roedd yn sŵn mor foddhaol nes iddo godi ar ei draed a disgyn i lawr arni unwaith eto. Yna cododd a neidio arni, a'r coesau pren yn cwyno wrth iddyn nhw grafu modfedd neu ddwy ar draws y llawr gan adael pedwar crafiad unionfath ar y llawr pren sgleiniog.

Gwenodd. Roedd hynny'n teimlo'n *dda*.

Neidiodd oddi ar y soffa cyn rhoi cic iddi a'i gwthio'n ôl hyd yn oed ymhellach. Prin ei fod e'n ymwybodol o'r ffaith ei fod yn anadlu'n drwm.

Teimlai ei ben yn gynnes, fel petai twymyn arno. Cododd ei droed i gicio'r soffa eto.

Yna syllodd ar draws y stafell ar y cloc.

Cloc gwerthfawr ei fam-gu, yn hongian uwchben y lle tân, y pendil yn symud 'nôl a 'mlaen, 'nôl a 'mlaen o'r naill ochr i'r llall, fel petai'n byw ei fywyd annibynnol ei hun, heb boeni'r un iot am Conor.

Aeth draw ato'n araf, ei ddyrnau'n dynn. Ymhen ychydig eiliadau byddai'n taro *bong bong bong* wrth gyrraedd naw o'r gloch. Safodd Conor yno nes i'r ail fys lithro o gwmpas a chyrraedd y rhif deuddeg. Roedd y sŵn taro ar fin dechrau, felly cydiodd yn y pendil a'i ddal ar ben eithaf ei bendiliad. Roedd yn gallu clywed mecanwaith y cloc yn cwyno wrth i *b* cyntaf y *bong* arfaethedig hofran yn yr aer. Â'i law rydd, estynnodd i fyny a gwthio'r bysedd munud ac eiliad 'mlaen o'r rhif deuddeg. Roedden nhw'n gyndyn i symud ond gwthiodd yn galetach, a daeth sŵn *clic* uchel nad oedd yn swnio'n iach iawn wrth iddo wneud hynny. Yn sydyn, tasgodd y bysedd munud ac eiliad yn rhydd o beth bynnag oedd yn eu dal nhw'n ôl, a throdd Conor nhw o gwmpas, gan ddal i fyny â'r bys awr, a symud hwnnw 'mlaen hefyd, wrth i sŵn cwynfannus ambell hanner *bong* a *chliciau* poenus godi o grombil y gist bren.

Roedd yn gallu teimlo ambell ddiferyn o chwys yn casglu ar ei dalcen a'i frest fel petaen nhw'n disgleirio yn y gwres.

(–bron fel bod mewn hunllef, yr un fath o dwymyn niwlog wrth i'r byd lithro oddi ar ei echel, ond y tro hwn, *fe* oedd yn rheoli, y tro hwn, *fe* oedd yr hunllef–)

Yn sydyn, torrodd yr ail fys, y meinaf o'r tri, a disgyn allan yn llwyr oddi ar wyneb y cloc, cyn adlamu unwaith ar y rỳg a diflannu i ganol y lludw yn y lle tân.

Camodd Conor 'nôl yn gyflym, gan ollwng y pendil. Disgynnodd hwnnw i'r canol, ond wnaeth e ddim dechrau pendilio eto. Doedd y cloc chwaith ddim yn gwneud y synau troelli a thician y byddai'n arfer eu gwneud, ac roedd ei fysedd bellach wedi'u rhewi'n gadarn mewn un man.

O diar.

Dechreuodd stumog Conor wasgu wrth iddo sylweddoli beth roedd e wedi'i wneud.

O, na, meddyliodd.

O, *na*.

Roedd e wedi torri'r cloc.

Cloc oedd yn fwy gwerthfawr mae'n siŵr na hen gar ei fam.

Byddai'i fam-gu'n ei ladd, o bosib, ei *ladd* yn llythrennol–

Yna sylwodd.

Roedd y bys awr a munud wedi stopio ar amser penodol.

12.07.

*O safbwynt dinistr*, meddai'r anghenfil o'r tu ôl iddo, *mae hwn yn hynod druenus.*

Chwyrlïodd Conor o'i gwmpas. Rywsut, rywfodd, roedd yr anghenfil yn lolfa'i fam-gu. Roedd yn rhy fawr o lawer wrth gwrs, ac yn gorfod plygu yn ei ddwbl er mwyn gallu dod i mewn i'r stafell, ei ganghennau a'i ddail yn cordeddu yn ei gilydd yn dynnach a thynnach er mwyn crebachu mwy, ond yno roedd e, yn llenwi pob cornel.

*Dyna'r math o ddinistr y byddwn i'n ei ddisgwyl gan fachgen*, meddai, a'i anadl yn goglais gwallt Conor.

'Beth wyt ti'n ei wneud 'ma?' holodd Conor. Teimlodd don sydyn o obaith. 'Ydw i'n cysgu? Ai breuddwyd yw hyn? Fel pan wnest ti dorri ffenest fy stafell wely a 'neffro i a–'

*Dwi yma i adrodd yr ail stori i ti*, meddai'r anghenfil.

Gwnaeth Conor sŵn diamynedd gan edrych 'nôl ar ddinistr y cloc. 'Fydd hi cynddrwg â'r stori ddiwetha?' holodd, a'i sylw wedi'i dynnu.

*Mae'n gorffen gyda gwir ddinistr, os mai dyna rwyt ti'n ei feddwl.*

Trodd Conor at yr anghenfil unwaith eto. Roedd ei wyneb wedi aildrefnu'i hun i'r hyn roedd Conor yn gwybod oedd yn wên ddieflig.

'Ai stori am dwyll yw hi?' holodd Conor. 'Ydy hi'n swnio fel petai'n mynd ar un trywydd cyn dilyn trywydd arall yn llwyr?'

*Nage*, atebodd yr anghenfil. *Stori yw hi am ddyn oedd ddim ond yn meddwl amdano ef ei hun.* Gwenodd yr anghenfil eto, gan edrych hyd yn oed yn fwy dieflig. *Ac mae'n cael ei gosbi mewn modd hynod, hynod erchyll.*

Safodd Conor yno'n anadlu am eiliad, gan feddwl am y difrod i'r cloc, am y crafiadau ar y llawr pren sgleiniog, am yr aeron gwenwynig yn disgyn oddi ar yr anghenfil ar lawr glân ei fam-gu.

Meddyliodd am ei dad.

'Dwi'n gwrando,' meddai Conor.

## YR AIL STORI

*Gant a hanner o flynyddoedd yn ôl,* dechreuodd yr anghenfil, *roedd y wlad hon wedi troi'n ddiwydiannol iawn. Tyfodd ffatrïoedd fel chwyn ar hyd a lled y dirwedd. Torrwyd coed, dinistriwyd caeau, a llygrwyd afonydd. Tagodd yr awyr ar fwg a llwch, yn yr un modd â'r bobl, gan dreulio'u dyddiau'n peswch a chrafu, wrth i'w llygaid orfod edrych i lawr ar y ddaear am byth. Tyfodd pentrefi'n drefi, a threfi'n ddinasoedd. A dechreuodd pobl fyw **ar** y ddaear yn hytrach nag **o'i mewn**.*

*Ond roedd gwyrddni i'w weld o hyd, o wybod ble i edrych.*

(Agorodd yr anghenfil ei ddwylo eto, a lledodd niwl dros lolfa'i fam-gu. Cyn gynted ag y cliriodd, roedd Conor a'r anghenfil yn sefyll ar gae gwyrdd, yn edrych lawr dros ddyffryn o fetel a brics.)

('Felly dwi *yn* cysgu,' meddai Conor.)

(*Ust*, meddai'r anghenfil. *Mae'n dod.* A sylwodd Conor ar ddyn sarrug yr olwg mewn dillad du trwm a gwg ofnadwy iawn ar ei wyneb yn dringo'r bryn tuag atyn nhw.)

*Ar ymyl y gwyrddni yma roedd dyn yn byw. Nid yw ei enw'n bwysig gan nad oedd neb byth yn ei ddefnyddio. Cyfeiriai'r pentrefwyr ato bob amser fel yr Apothecari.*

('Y beth?' holodd Conor.)

(*Yr Apothecari*, atebodd yr anghenfil.)

('Y beth?')

*Hyd yn oed bryd hynny, roedd yr Apothecari yn hen enw 'slawer dydd am fferyllydd.*

('O,' meddai Conor. 'Pam na ddwedest ti hynny?')

*Ond roedd yr enw'n gwbl haeddiannol, am fod pob apothecari'n hynafol, yn ymdrin â hen ddulliau meddyginiaeth, hefyd. Bydden nhw'n defnyddio perlysiau a rhisgl, a diodydd wedi'u creu o aeron a dail.*

('Mae gwraig newydd Dad yn gwneud hynny,' meddai Conor wrth iddyn nhw wylio'r dyn yn codi gwreiddyn o'r pridd. 'Mae'n berchen siop sy'n gwerthu crisialau.')

(Gwgodd yr anghenfil. *Nid yw hynny'n debyg o gwbl.*)

*Byddai'r Apothecari'n mynd am dro y naill ddiwrnod ar ôl y llall i gasglu'r perlysiau a'r dail o'r ardaloedd gwyrdd. Ond wrth i'r blynyddoedd fynd heibio, rhaid oedd iddo gerdded ymhellach a phellach wrth i'r ffatrioedd a'r ffyrdd ymestyn allan o'r trefi fel un o'r brechau hynny roedd e mor effeithiol yn eu trin. Arferai allu casglu dant y llew, danadl a chamri ar gyfer te ben bore, ond byddai bellach yn treulio diwrnod cyfan yn gwneud hynny.*

*Roedd y byd yn newid, a dechreuodd yr Apothecari deimlo'n chwerw. Neu'n* **fwy** *chwerw efallai, am mai dyn digon annymunol roedd e wedi bod erioed. Roedd e'n farus ac yn codi gormod am ei feddyginiaethau, gan ofyn yn aml am fwy nag y gallai'r claf fforddio'i dalu. Serch hynny, cafodd ei synnu gan gymaint roedd y pentrefwyr yn ei gasáu, gan gredu y dylen nhw ddangos mwy o barch tuag ato. Ac oherwydd ei agwedd annymunol, roedd eu hagwedd hwythau tuag ato'n annymunol hefyd, nes i'w gleifion, ymhen amser, ddechrau troi at feddyginiaethau mwy cyfoes. Wrth gwrs, dim ond corddi'r Apothecari fwyfwy wnaeth hynny.*

(Disgynnodd y niwl o'u cwmpas unwaith eto a newidiodd yr olygfa. Bellach roedden nhw'n sefyll ar lawnt ar gopa bryncyn bach. Ar un ochr roedd persondy ac yng nghanol ambell garreg fedd newydd roedd ywen anferth.)

*Ym mhentref yr Apothecari roedd person yn byw–*

('Dyma'r bryn tu ôl i'n tŷ ni,' torrodd Conor ar ei draws. Edrychodd o'i gwmpas, ond doedd dim rheilffordd eto, dim rhesi tai, dim ond ambell lwybr a glan fwdlyd yr afon.)

*Roedd gan y person ddwy ferch*, aeth yr anghenfil yn ei flaen, *cannwyll ei lygaid.*

(Rhedodd dwy ferch ifanc allan o'r persondy'n sgrechian a chwerthin ac yn ceisio taflu porfa dros ei gilydd. Rhedodd y ddwy o gwmpas boncyff yr ywen, gan guddio rhag ei gilydd.)

('Ti yw hwnna,' meddai Conor, gan bwyntio at y goeden, a oedd yn ddim ond coeden yr adeg honno.)

*Iawn, o'r gorau, ar dir y persondy hefyd, roedd ywen yn tyfu.*

(*Ac roedd hi'n goeden hynod hardd*, ychwanegodd yr anghenfil.)

('Mater o farn yw hynny,' meddai Conor.)

*Nawr roedd yr Apothecari eisiau'r ywen yn sobor iawn.*

('Oedd e?' holodd Conor. 'Pam?')

(Edrychodd yr anghenfil yn synn. *Yr ywen yw'r goeden wellhad bwysicaf oll*, meddai. *Mae'n byw am filoedd o flynyddoedd. Mae ei haeron, ei rhisgl, ei dail, ei sudd, ei mwydion, ei phren oll yn wych ac yn wachul ac yn llosgi a throelli â bywyd. Gall wella bron pob anhwylder, o gael eu cymysgu a'u trin gan yr apothecari cywir.*)

(Crychodd Conor ei dalcen. 'Dychmygu hynny wyt ti.')

(Cynhyrfodd wyneb yr anghenfil. *Wyt ti'n mentro fy herio i, fachgen?*)

('Na'dw,' meddai Conor gan gamu'n ôl rhag llid yr anghenfil. 'Heb glywed am hynny o'r blaen oeddwn i.')

(Gwgodd yr anghenfil yn wyllt am eiliad arall, cyn bwrw 'mlaen â'r stori.)

*Er mwyn cynaeafu'r pethau hyn o'r goeden, byddai'n rhaid i'r Apothecari ei thorri i lawr. A doedd y person ddim yn fodlon iddo wneud hynny. Roedd yr ywen wedi tyfu ar y tir ymhell cyn i'r eglwys gael ei sefydlu yno. Roedd y fynwent eisoes yn cael ei defnyddio ac roedd cynlluniau ar gyfer adeilad newydd i'r eglwys. Byddai'r ywen yn amddiffyn yr eglwys rhag glaw trwm a thywydd garw, ac roedd y person – waeth pa mor aml y byddai'r Apothecari'n holi, ac roedd hynny'n aml iawn – yn benderfynol o gadw'r Apothecari'n ddigon pell o'r goeden.*

*Nawr roedd y person yn ddyn diwylliedig, ac yn garedig iawn. Roedd eisiau'r gorau ar gyfer ei gynulleidfa, eu harwain allan o oesoedd tywyll ofergoel a swyngyfaredd. Pregethai yn erbyn ffyrdd hynafol yr Apothecari, ac roedd tymer wyllt a thrachwant yr Apothecari yn sicrhau bod ei eiriau'n cyrraedd clustiau eiddgar. Dirywiodd ei fusnes hyd yn oed ymhellach.*

*Yna un diwrnod, cafodd merched y person eu taro'n sâl. Haint a ymledodd drwy'r wlad yn taro'r naill, ac yna'r llall.*

(Tywyllodd yr awyr, ac roedd Conor yn gallu clywed peswch y merched o'r persondy, gweddïau uchel y person a dagrau ei wraig.)

*Ofer oedd holl ymdrechion y person. Y gweddïau, y meddyginiaethau gan y meddyg modern ddwy dref i ffwrdd, y moddion o'r caeau a ddarparwyd yn swil ac yn gyfrinachol gan ei blwyfolion. Doedd dim byd yn gweithio. Dirywiodd cyflwr y merched bron hyd at farwolaeth. O'r diwedd, doedd dim dewis arall ond mynd i weld yr*

*Apothecari. Yn wylaidd, aeth y person i ymbil ar yr Apothecari am faddeuant.*

'*Wnei di helpu fy merched i?*' *holodd y clerigwr ar ei bengliniau ar drothwy cartref yr Apothecari.* '*Os nad er fy mwyn i, er mwyn fy nwy ferch ddiniwed.*'

'*Pam dylwn i?*' *holodd yr Apothecari.* '*Rwyt ti wedi distrywio fy musnes â'th bregethu. Rwyt ti wedi gwrthod hawl ar yr ywen i fi, fy ffynhonnell orau ar gyfer gwellhad. Rwyt ti wedi troi'r pentref yn fy erbyn i.*'

'*Fe gei di'r ywen,*' *meddai'r person.* '*Fe wnaf i bregethu o'th blaid di. Fe wnaf i anfon fy mhlwyfolion atat â phob anhwylder. Cei unrhyw beth y mynni di, ddim ond i ti achub fy merched i.*'

*Synnwyd yr Apothecari.* '*Fe wnei di ildio dy holl gredoau?*'

'*Er mwyn achub fy merched,*' *atebodd y clerigwr.* '*Fe ildiwn i bopeth.*'

'*Felly,*' *meddai'r Apothecari, gan gau'r drws ar y clerigwr, ni allaf wneud dim i dy helpu di.*'

('Beth?' ebychodd Conor.)

*Y noson honno, bu farw dwy ferch y clerigwr.*

('*Beth?*' ebychodd Conor eto, wrth i'r ymdeimlad o hunllef gorddi'i stumog eto.)

*A'r noson honno, dyma fi'n dechrau cerdded.*

('Da iawn! 'Mae'r cythraul dwl yn haeddu pob cosb.')

(*Cytuno*, meddai'r anghenfil.)

*Ychydig ar ôl canol nos, chwalais gartref y person hyd at ei seiliau.*

## GWEDDILL YR AIL STORI

Troellodd Conor o'i gwmpas. 'Y *person*?'

*Ie,* meddai'r anghenfil. *Taflais y to i'r dyffryn islaw a dymchwel holl furiau'r tŷ â fy nyrnau.*

Roedd cartref y person yn dal i fod o'u blaenau, ac roedd Conor yn gallu gweld yr ywen gerllaw'n deffro i ffurf anghenfil ac yn ymosod yn ffyrnig ar y persondy. Hedfanodd y drws ffrynt ar agor gyda'r ergyd gyntaf i'r to, a dihangodd y person a'i wraig yn llawn dychryn. Taflodd yr anghenfil yn yr olygfa do'r tŷ i'w cyfeiriad, gan ddod yn agos at eu taro wrth iddyn nhw redeg.

'Beth wyt ti'n *wneud?* holodd Conor. 'Yr Apotho– neu beth bynnag yw'r dyn drwg!'

*Wir?* holodd yr anghenfil go iawn o'r tu ôl iddo.

Daeth sŵn diasbedain wrth i'r ail anghenfil ddymchwel wal ffrynt y persondy.

'Wrth gwrs!' gwaeddodd Conor. 'Fe wrthododd

e helpu merched y clerigwr! Ac mae'r ddwy wedi *marw*!'

*Gwrthododd y clerigwr gredu y gallai'r Apothecari helpu*, meddai'r anghenfil. *Ar yr adegau da, bu bron i'r clerigwr ddinistrio'r Apothecari, ond ar yr adegau anodd, roedd e'n barod i anghofio'i holl gredoau er mwyn achub ei ferched.*

'Wel?' meddai Conor. 'Dyna fyddai unrhyw un yn ei wneud! Dyna fyddai *pawb* yn ei wneud! Beth oeddet ti'n *disgwyl* iddo fe wneud?'

*Roeddwn i'n disgwyl iddo roi'r ywen i'r Apothecari pan ofynnodd yr Apothecari iddo gyntaf.*

Synnwyd Conor. Daeth sŵn chwalu pellach o'r persondy wrth i wal arall ddymchwel. 'Fyddet ti wedi caniatáu i ti dy hun gael dy ladd?'

*Dwi'n fwy o lawer na'r un goeden*, meddai'r anghenfil, *ond wrth gwrs, byddwn i wedi caniatáu i'r ywen gael ei thorri i lawr. Byddai hynny wedi achub bywydau merched y clerigwr. A nifer fawr o rai eraill hefyd.*

'Ond byddai hynny wedi lladd y goeden a'i wneud e'n ddyn cyfoethog!' llefodd Conor. 'Roedd e'n ddyn drwg!'

*Roedd e'n farus a chwerw ac anfoesgar, er ei fod*

*yn cynnig gwellhad. Ond beth oedd y person? Roedd e'n **ddim**. Cred yw sail gwellhad. Cred yw'r gwellhad, cred yn y dyfodol sydd i ddod. A dyma ddyn oedd yn **byw** ar sail cred, ond a aberthodd y cyfan yn wyneb yr her gyntaf, a hynny pan oedd ei hangen arno fwyaf. Roedd ei gred yn hunanol ac ofnus. A dyna oedd yn gyfrifol am farwolaeth ei ferched.*

Cynhyrfodd Conor fwyfwy. 'Dywedaist ti fod hon yn stori heb driciau.'

*Dweud wnes i fod hon yn stori am ddyn a gafodd ei gosbi am fod yn hunanol. A dyna yw hi.*

Yn gandryll, syllodd Conor eto ar yr ail anghenfil yn dinistrio'r persondy. Ag un gic, chwalodd coes ddychrynllyd o anferth y grisiau. Dinistriodd braich ddychrynllyd anferth furiau stafelloedd gwely'r personsdy.

*Dywed wrtha i, Conor O'Malley,* holodd yr anghenfil y tu ôl iddo. *Hoffet ti ymuno â'r chwalfa?*

'Ymuno?' holodd Conor yn synn.

*Mae'n brofiad pleserus iawn, wir i ti.*

Camodd yr anghenfil 'mlaen, gan ymuno â'i ail hunan, gan wthio troed anferth drwy soffa oedd yn debyg iawn i un mam-gu Conor. Syllodd yr anghenfil ar Conor yn ddisgwylgar.

*Beth dylwn i ei ddinistrio nesaf?* holodd, gan gamu dros yr ail anghenfil, ac wrth i niwl rhyfedd orchuddio'u llygaid, unodd y ddau anghenfil yn un, gan greu un anghenfil mwy o lawer. *Dwi'n disgwyl am dy orchymyn*, *fachgen*, meddai.

Roedd Conor yn gallu synhwyro'i anadl yn trymhau unwaith eto. Roedd ei galon ar ras a theimlai fel petai'r dwymyn wedi dychwelyd. Oedodd yn hir.

Yna meddai, 'Dymchwel y lle tân.'

Ar unwaith, trawodd yr anghenfil ei ddwrn yn erbyn y lle tân cerrig a'i chwalu i'w seiliau; dymchwelodd y simnai frics uwchben gyda chlindarddach uchel.

Trymhau hyd yn oed yn fwy wnaeth anadl Conor – fel mai fe oedd yn gyfrifol am y chwalfa.

'Dinistria'r gwelyau,' meddai.

Cydiodd yr anghenfil yn y gwelyau o'r ddwy stafell wely ddi-do a'u hyrddio i'r awyr, mor galed nes iddyn nhw hwylio bron hyd at y gorwel cyn syrthio'n glewt i'r llawr.

'Chwala'r dodrefn!' gwaeddodd Conor. 'Chwala bopeth!'

Stompiodd yr anghenfil o gwmpas y tŷ, gan ddinistrio pob darn o ddodrefn o fewn golwg gyda chlec a chrensh boddhaus.

'RHWYGA'R CYFAN I LAWR!' rhuodd Conor, a rhuodd yr anghenfil mewn ymateb gan hyrddio'i hun yn erbyn y muriau oedd ar ôl, a'u taro i'r ddaear. Rhuthrodd Conor 'mlaen i'w helpu, gan gydio mewn cangen o'r llawr a'i tharo yn erbyn y ffenestri hynny oedd yn dal i fod yn gyfan.

Roedd e'n gweiddi wrth wneud, a hynny mor uchel fel na allai glywed ei hun yn meddwl, gan ddiflannu i ganol y dinistr gorffwyll, yn chwalu a chwalu a chwalu'n ddifeddwl.

Gwir oedd geiriau'r anghenfil. Roedd hyn yn bleserus *iawn*.

Sgrechiodd Conor nes ei fod yn gryg, gan chwalu nes bod ei freichiau'n brifo, a rhuo nes iddo bron ddisgyn i'r llawr wedi llwyr ymlâdd. Pan stopiodd o'r diwedd, sylwodd fod yr anghenfil yn ei wylio'n dawel o gyrion y dinistr.

Anadlodd Conor yn fân ac yn fuan a phwyso ar gangen er mwyn sadio'i hun.

**Dyna**, meddai'r anghenfil, *sut mae achosi dinistr go iawn*.

Ac yna'n sydyn, roedden nhw 'nôl yn lolfa mam-gu Conor.

Gwelodd Conor ei fod wedi dinistrio bron bob modfedd ohoni.

DINISTR

Roedd y soffa wedi'i chwalu'n deilchion. Roedd pob coes bren wedi'u torri, y clustogwaith wedi'i rwygo'n ddarnau, talpiau o stwffin wedi'u gwasgaru dros y llawr, ynghyd â gweddillion y cloc, a oedd wedi'i daflu oddi ar y wal a'i chwalu'n ddarnau mân dros bob man. Felly hefyd y lampau ar y ddau fwrdd bach y naill ochr i'r soffa, heb sôn am y silff lyfrau dan y ffenest ffrynt, a phob llyfr wedi'u rhwygo o glawr i glawr. Roedd hyd yn oed y papur wal wedi cael ei rwygo'n ôl mewn stribedi anghyson, brwnt. Yr unig beth oedd ar ôl ar ei draed oedd y cwpwrdd gwydr, er bod ei ddrysau wedi'u chwalu a'i holl gynnwys wedi'u hyrddio dros y llawr.

Safodd Conor yno'n synn. Edrychodd ar ei ddwylo, oedd wedi'u gorchuddio â chrafiadau a gwaed, ei ewinedd wedi rhwygo ac yn arw, yn boenus wedi'r holl ymdrech.

'Arswyd y byd,' sibrydodd.

Trodd i wynebu'r anghenfil.

Ond roedd e wedi diflannu.

'Beth wyt ti wedi'i *wneud*?' gwaeddodd i'r gwacter oedd mor llethol o dawel yn sydyn iawn. Prin y gallai symud ei draed oherwydd yr holl lanast ar y llawr.

Doedd dim *gobaith* iddo fod wedi gallu gwneud hyn i gyd ar ei ben ei hun.

Dim gobaith.

(… nac oedd?)

'Arswyd y byd,' meddai eto, 'Arswyd y byd.'

*Mae pleser mewn dinistr*, clywodd, ond roedd fel llais ar yr awel, yn annelwig o bell.

Ac yna clywodd sŵn car ei fam-gu'n parcio y tu allan i'r tŷ.

Doedd dim cyfle i ddianc. Dim amser hyd yn oed i adael drwy'r drws cefn a dianc ar ei ben ei hun rywsut, i rywle lle na allai hi fyth ddod o hyd iddo.

Yna meddyliodd na fyddai hyd yn oed ei dad yn barod i'w gymryd nawr o sylweddoli beth roedd e wedi'i wneud. Fydden nhw fyth yn gadael i fachgen oedd wedi achosi cymaint o ddinistr fyw mewn tŷ gyda babi–

'Arswyd y byd,' meddai Conor eto, ei galon bron yn curo allan o'i frest.

Rhoddodd ei fam-gu ei allwedd yn nhwll y clo ac agor y drws ffrynt.

Yn yr eiliad fach honno wedi iddi ddod rownd y gornel i'r lolfa, gan ddal i dwrio yn ei bag llaw, cyn sylweddoli ble'r oedd Conor na beth oedd wedi digwydd, sylwodd ar ei hwyneb, ar y blinder, ar y diffyg newyddion, da neu ddrwg, dim ond noson arall yn yr ysbyty gyda mam Conor, noson oedd yn gymaint o dreth ar y ddwy ohonyn nhw.

Yna cododd ei phen.

'Beth ddia–?' meddai, gan oedi ar amrantiad rhag dweud 'ddiawl' o flaen Conor. Rhewodd, gan ddal ei bag llaw o'i blaen o hyd. Dim ond ei llygaid oedd yn symud, yn asesu'r dinistr yn y lolfa mewn anghrediniaeth. Roedd fel petai'n gwrthod gweld yr hyn oedd yn ei hwynebu. Doedd Conor ddim hyd yn oed yn gallu ei chlywed yn anadlu.

Yna edrychodd hi arno, yn gegrwth, a'i llygaid led y pen ar agor hefyd. Syllodd arno'n sefyll yno yng nghanol y cyfan, ei ddwylo'n waedlyd wedi'i holl waith.

Caeodd ei cheg, er na chaeodd i'w ffurf llym arferol. Roedd hi'n crynu ac yn ysgwyd, fel petai hi'n ceisio dal ei dagrau'n ôl, fel pe na bai'n gallu dal gweddill ei hwyneb at ei gilydd.

Ac yna dechreuodd riddfan, yn ddwfn yn ei brest, a'i cheg yn dal ar gau.

Roedd y sŵn mor boenus, prin y gallai Conor gadw'i hun rhag rhoi'i ddwylo dros ei glustiau.

Gwnaeth hi'r sŵn unwaith eto. Ac eto. Ac eto fyth nes i'r sŵn droi i fod yn un ochenaid erchyll barhaus. Disgynnodd ei bag llaw i'r llawr. Rhoddodd gledrau'i dwylo dros ei cheg fel petai hynny'n mynd i fod yn ddigon i ddal y sŵn griddfannus, cwynfanllyd, *galarnadus*, rhag llifo allan ohoni.

'Mam-gu?' mentrodd Conor, ei lais yn uchel a thynn gan arswyd.

Yna dechreuodd hi sgrechian.

Tynnodd ei dwylo i ffwrdd, a'u troi'n ddyrnau, cyn agor ei cheg a sgrechian. Sgrechiodd mor uchel, *fe roddodd* Conor ei ddwylo dros ei glustiau. Doedd hi ddim yn edrych arno fe o gwbl, doedd hi ddim yn edrych ar *ddim byd*, dim ond yn sgrechian i'r aer.

Doedd Conor erioed wedi bod mor ofnus yn ei

fywyd. Roedd fel petai'n sefyll ar ymyl y byd, bron fel bod yn fyw ac ar ddi-hun yn ei hunllef, y sgrechian, y *gwacter*–

Yna camodd i mewn i'r stafell.

Ciciodd ei ffordd drwy'r sbwriel bron heb ei weld. Camodd Conor i ffwrdd oddi wrthi'n gyflym, gan faglu dros weddillion y soffa. Cododd ei law i'w amddiffyn ei hun, gan ddisgwyl i'r ergydion ddisgyn unrhyw eiliad–

Ond doedd hi ddim yn anelu ato.

Cerddodd yn syth heibio iddo, ei hwyneb yn gam gan ddagrau, y griddfan yn gorlifo ohoni unwaith eto. Aeth draw at y cwpwrdd gwydr, yr unig beth oedd yn dal i sefyll yn y stafell.

A gafaelodd yn un ochr ohono–

A thynnu'n galed arno unwaith–

Eilwaith–

Deirgwaith.

A'i daflu'n chwalfa i'r llawr gydag un *crensh* terfynol.

Griddfanodd am y tro olaf cyn plygu 'mlaen a gosod ei dwylo ar ei phengliniau, ei hanadl yn ochneidiau afreolaidd.

Wnaeth hi ddim edrych ar Conor, ddim unwaith

wrth iddi godi a mynd allan o'r stafell, gan adael ei bag llaw yn yr union fanlle cafodd ei ollwng, a mynd yn syth i fyny i'w stafell wely a chau'r drws yn dawel.

Safodd Conor yno am ychydig, heb wybod a ddylai symud ai peidio.

Wedi cyfnod oedd yn teimlo fel oes, aeth i gegin ei fam-gu i nôl sachau sbwriel gwag. Gwnaeth ei orau i gael trefn ar y llanast yn hwyr i'r nos, ond roedd gormod ohono. Roedd hi'n gwawrio erbyn iddo roi'r ffidl yn y to o'r diwedd.

Dringodd y grisiau, heb hyd yn oed ffwdanu golchi'r baw a'r gwaed sych i ffwrdd. Wrth iddo basio stafell wely'i fam-gu, roedd yn gallu gweld o'r golau oedd yn dianc o dan y drws ei bod hi'n dal ar ddi-hun.

Roedd e'n gallu ei chlywed hi yno'n crio.

## ANWELEDIG

Roedd Conor yn sefyll yn ddisgwylgar ar glos yr ysgol.

Roedd wedi gweld Lili'n gynharach. Roedd hi gyda chriw o ferched yr oedd e'n gwybod oedd ddim yn ei hoffi hi a doedd hi ddim yn eu hoffi nhw fawr chwaith, ond dyna lle'r oedd hi, yn aros yn dawel gyda nhw wrth iddyn nhw siarad a hel clecs. Gwnaeth ei orau i ddal ei llygad ond wnaeth hi ddim edrych i'w gyfeiriad o gwbl.

Fel petai hi'n methu'i weld mwyach.

Felly arhosodd ar ei ben ei hun, yn pwyso yn erbyn wal gerrig allan o olwg y plant eraill wrth iddyn nhw sgrechian a chwerthin ac edrych ar ei ffonau fel petai dim byd o'i le yn y byd, fel petai dim byd yn y bydysawd cyfan yn gallu digwydd iddyn nhw.

Yna gwelodd nhw. Harri a Sully ac Anton, yn

cerdded tuag ato ar draws clos yr ysgol, llygaid Harri wedi'u hoelio arno, yn ddi-wên ond yn effro, ei griw bach yn edrych yn hapus a disgwylgar.

Dyma nhw'n dod.

Teimlai Conor yn wan gan ryddhad.

Fel pe na bai pethau'n ddigon drwg, dim ond cysgu'n ddigon hir i gael hunllef wnaeth e'r bore hwnnw. Dyna lle'r oedd e eto, yng nghanol yr erchylltra a'r ymrafael, a'r pethau hollol, hollol ddychrynllyd oedd yn digwydd ar y diwedd. Deffrodd dan sgrechian. I ddiwrnod nad oedd fawr gwell.

O deimlo'n ddigon dewr i fentro i lawr y grisiau, deallodd fod ei dad yno yng nghegin ei fam-gu, yn paratoi brecwast.

Doedd dim sôn am ei fam-gu yn unman.

'Wedi sgramblo?' holodd ei dad, gan godi'r sosban lle'r oedd yn coginio wyau.

Nodiodd Conor ei ben, er nad oedd e'n teimlo'n llwglyd o gwbl, ac eistedd ar gadair wrth y bwrdd. Gorffennodd ei dad baratoi'r wyau cyn eu taenu dros ddarnau o dost â menyn oedd ganddo'n barod, a dod â dau blat i'r bwrdd, un ar gyfer Conor ac un ar ei gyfer yntau. Eisteddodd y ddau a bwyta.

Roedd y tawelwch mor llethol nes i Conor ddechrau cael anhawster anadlu.

'Wnest ti dipyn o lanast,' meddai ei dad o'r diwedd.

Dal ati i fwyta wnaeth Conor, gan godi cyn lleied o wy â phosib i'w geg ar y tro.

'Ffoniodd hi fi ben bore. Yn gynnar iawn, iawn.'

Cododd Conor y tamaid lleiaf o wy unwaith eto.

'Dyw dy fam ddim cystal, Con,' meddai ei dad. Cododd Conor ei ben yn sydyn. 'Mae dy fam-gu wedi mynd i'r ysbyty nawr i siarad â'r meddygon,' eglurodd ei dad. 'Fe af i â ti i'r ysgol–'

'*Ysgol?*' ebychodd Conor. 'Dwi eisie gweld Mam!'

Ond roedd ei dad eisoes yn ysgwyd ei ben. 'Nid dyna'r lle gorau i blentyn fod ar hyn o bryd. Fe af i â ti i'r ysgol cyn mynd draw i'r ysbyty, ond fe wna i ddod i dy nôl di ar ddiwedd y prynhawn i fynd â ti i'r ysbyty.' Syllodd ei dad i lawr ar ei blât. 'Fe wna i ddod i dy nôl di'n gynharach … os bydd angen.'

Gollyngodd Conor ei gyllell a'i fforc. Doedd dim chwant bwyd arno mwyach. Efallai na fyddai chwant arno fyth eto.

'Hei,' meddai ei dad. 'Ti'n cofio beth ddywedais i am fod yn ddewr? Wel, dyma'r adeg i ti orfod gwneud hynny, 'machgen i.' Amneidiodd tuag at y lolfa. 'Dwi'n gallu gweld effaith hyn arnat ti.' Gwenodd yn drist, ond diflannodd y wên ar amrantiad. 'Ac ar dy fam-gu.'

'Wnes i ddim bwriadu,' meddai Conor, a'i galon yn dechrau curo'n gyflym. 'Dwi ddim yn gwybod beth ddigwyddodd.'

'Mae'n ocê,' meddai ei dad.

Gwgodd Conor. 'Mae'n *ocê*?'

'Paid â phoeni am y peth,' meddai ei dad eto, gan droi'n ôl at ei frecwast. 'Gallai fod yn waeth.'

'Beth mae hynny'n olygu?'

'Mae'n golygu ein bod ni'n mynd i esgus bod dim wedi digwydd,' meddai ei dad yn awdurdodol, 'am fod pethau eraill yn digwydd ar hyn o bryd.'

'Pethau eraill fel Mam?'

Ochneidiodd ei dad. 'Gorffen dy frecwast.'

'Dwyt ti ddim hyd yn oed yn mynd i 'nghosbi i?'

'Pa les fyddai hynny mewn gwirionedd, Con?' holodd ei dad, gan ysgwyd ei ben. 'Beth yn wir fyddai'r pwynt?'

*   *   *

Chlywodd Conor yr un gair o'i wersi yn yr ysgol, ond doedd ei athrawon ddim wedi dweud y drefn wrtho am fethu talu sylw, gan neidio heibio iddo wrth ofyn cwestiynau yn y dosbarth. Wnaeth Mrs Marl ddim hyd yn oed holi am ei waith cartref Storïau Bywyd, er mai heddiw oedd y diwrnod cyflwyno. Doedd Conor ddim wedi ysgrifennu'r un frawddeg.

Ond doedd fawr o ots am hynny.

Roedd y disgyblion eraill yn cadw pellter oddi wrtho hefyd, fel petai'n drewi neu rywbeth. Ceisiodd gofio a oedd e wedi siarad ag unrhyw un ohonyn nhw ers cyrraedd fore heddiw. Roedd yn amau a oedd e wedi gwneud. Golygai hynny nad oedd e wedi siarad â *neb* ers ei sgwrs â'i dad y bore hwnnw.

Sut gallai hynny ddigwydd?

Ond o'r diwedd, dyma lle'r oedd Harri. Ac roedd hynny, o leiaf, yn teimlo'n normal.

'Conor O'Malley,' meddai Harri gan sefyll gam i ffwrdd oddi wrtho. Roedd Sully ac Anton y tu ôl iddo'n cilwenu.

Cododd Conor o'r wal, gollwng ei ddwylo wrth ei ochr, a pharatoi'i hun ar gyfer pa ergyd bynnag oedd ar fin ei daro.

Ond ddigwyddodd hynny ddim.

Dim ond sefyll yno wnaeth Harri. Sefyll yno hefyd wnaeth Sully ac Anton, y wên ar eu hwynebau'n cilio'n raddol.

'Pam wyt ti'n aros?' holodd Conor.

'Ie,' meddai Sully wrth Harri, 'pam wyt ti'n aros?'

'Dyrna fe,' meddai Anton.

Symudodd Harri ddim, ei lygaid wedi'u hoelio ar Conor. Roedd Conor yn methu gwneud dim, dim ond syllu'n ôl arno, nes gwneud iddo deimlo nad oedd dim byd arall yn bodoli yn y byd heblaw amdano fe a Harri. Roedd cledrau'i ddwylo'n chwysu. Roedd ei galon ar ras.

*Cer amdani*, meddyliodd cyn sylweddoli ei fod yn dweud hynny'n uchel. 'Cer amdani!'

'A gwneud beth?' meddai Harri'n bwyllog. 'Beth ar y ddaear allet ti fod eisie i fi wneud, O'Malley?'

'Mae e eisie i ti'i daro fe i'r llawr,' meddai Sully.

'Mae e eisie i ti roi cweir go iawn iddo fe,' meddai Anton.

'Ydy hynny'n wir?' holodd Harri, fel petai'n wirioneddol chwilfrydig. 'Ai dyna wyt ti eisie?'

Ddywedodd Conor ddim gair, dim ond sefyll yn stond, ei ddyrnau wedi'u cau'n dynn.

Yn aros.

Ac yna canodd y gloch, yn uchel, a dechreuodd Miss Kwan groesi'r clos yr eiliad honno hefyd, gan siarad ag athro arall, ond yn llygadu'r disgyblion o'i chwmpas, a chadw llygad craff ar Conor a Harri.

'Mae'n bosib na chawn ni fyth wybod,' meddai Harri, 'beth mae O'Malley eisie.'

Chwerthin wnaeth Anton a Sully, er ei bod hi'n amlwg nad oedden nhw'n deall y jôc, a dechreuodd y tri fynd 'nôl i mewn i'r ysgol.

Ond roedd Harri'n dal i syllu ar Conor wrth iddyn nhw adael, gan hoelio'i sylw arno.

Roedd Conor yn sefyll yno ar ei ben ei hun bellach.

Fel petai'n hollol anweladwy i weddill y byd.

## COED YW

'Hei, cariad,' meddai ei fam, gan wthio'i hun i fyny ychydig yn ei gwely wrth i Conor ddod drwy'r drws.

Roedd yn gallu gweld bod hynny'n ymdrech iddi.

'Bydda i y tu allan fan hyn,' meddai ei fam-gu, gan godi o'i sedd a cherdded heibio heb edrych arno.

'Dwi'n mynd i nôl rhywbeth o'r peiriant bwyd, *buddy*,' meddai ei dad o'r drws. 'Wyt ti eisie unrhyw beth?'

'Dwi eisie i ti stopio 'ngalw i'n *buddy*,' meddai Conor, heb gymryd ei lygaid oddi ar ei fam.

Chwarddodd hithau.

''Nôl chwap,' meddai ei dad, gan adael y ddau ar eu pennau eu hunain.

'Dere 'ma,' meddai hi, gan anwesu'r gwely. Aeth

draw ati ac eistedd wrth ei hymyl, gan osgoi amharu ar y diwben oedd yn dod allan o'i braich na'r diwben oedd yn anfon aer i lawr ei ffroenau na'r diwben oedd weithiau'n cael ei glynu wrth ei brest, pan fyddai'r cemegolion oren llachar yn cael eu pwmpio i mewn iddi adeg ei thriniaethau.

'Sut mae fy annwyl Conor heddi 'te?' holodd, gan ymestyn llaw denau i frwshio'i wallt. Roedd yn gallu gweld staen melyn ar ei braich o gwmpas y fan lle'r oedd y diwben yn mynd i mewn ac ambell glais bach porffor ar hyd tu mewn ei phenelin.

Ond roedd hi'n gwenu. Er ei bod hi'n flinedig, er ei bod hi wedi ymlâdd, roedd ganddi wên.

'Dwi'n gwybod nad ydw i'n edrych ar fy ngorau,' meddai.

'Ti'n edrych yn iawn,' meddai Conor.

Brwshiodd ei wallt â'i bysedd unwaith eto. 'Alla i faddau ambell gelwydd golau.'

'Wyt ti'n ocê?' holodd Conor, ac hyd yn oed os oedd y cwestiwn yn un hollol chwerthinllyd, roedd hi'n gwybod beth roedd e'n ei feddwl.

'Wel, cariad,' meddai, 'dyw rhai o'r pethau newydd maen nhw wedi'u trio ddim wedi gweithio'n iawn. A dy'n nhw *ddim* wedi gweithio dipyn yn gynt nag yr oedden nhw wedi gobeithio y bydden nhw ddim. Os yw hynny'n gwneud unrhyw synnwyr.'

Ysgydwodd Conor ei ben.

'Nac i finnau chwaith, a dweud y gwir,' meddai. Sylwodd ar ei gwên yn tynhau, fel petai'n fwy anodd iddi ei chynnal. Anadlodd yn ddwfn, a chanodd ei brest ychydig, fel petai rhywbeth yn pwyso'n drwm arni.

'Mae pethau'n symud ychydig yn gynt nag oeddwn i wedi'i obeithio, cariad,' meddai, a'i llais yn dew, dew, gan achosi i stumog Conor gordeddu fwy fyth. Diolchodd yn sydyn nad oedd wedi bwyta dim ers amser brecwast.

'*Ond*,' meddai ei fam, ei llais yn dal i fod yn gryg ond yn gwenu eto. 'Maen nhw am drio un peth arall, meddyginiaeth sy'n rhoi canlyniadau da.'

'Pam maen nhw heb drio hynny cyn nawr?' holodd Conor.

'Ti'n cofio'r holl driniaethau?' holodd. 'Colli 'ngwallt a'r holl chwydu?'

'Wrth gwrs.'

'Wel, mae hwn yn rhywbeth rwyt ti'n ei gymryd wedi i'r triniaethau hynny fethu,' meddai. 'Roedd hyn yn bosibilrwydd o'r dechrau, ond roedden nhw'n gobeithio na fyddai'n rhaid iddyn nhw ei ddefnyddio o gwbl.' Edrychodd i lawr. 'Ac roedden nhw'n gobeithio na fyddai'n rhaid iddyn nhw ei ddefnyddio mor gynnar.'

'Ydy hynny'n golygu ei bod hi'n rhy hwyr?' holodd Conor, gan ollwng y geiriau cyn iddo sylweddoli beth roedd e'n ddweud.

'Na'dy, Conor,' atebodd yn sydyn. 'Paid â meddwl hynny. Dyw hi ddim yn rhy hwyr. Dyw hi byth yn rhy hwyr.'

'Wyt ti'n siŵr?'

Gwenodd eto. 'Dwi'n credu pob gair dwi'n ei ddweud,' meddai, ei llais ychydig yn gryfach.

Cofiodd Conor am eiriau'r anghenfil. *Cred yw sail gwellhad.*

Roedd e'n dal i deimlo fel petai'n methu anadlu, ond dechreuodd y tensiwn ddofi ychydig, gan ollwng ei afael ar ei stumog. Sylwodd ei fam arno'n ymlacio ychydig, a dechreuodd anwesu croen ei fraich.

'A dyma rywbeth diddorol iawn,' meddai a'i llais yn swnio dipyn yn fwy gobeithiol. 'Ti'n cofio'r goeden honno ar y bryn tu ôl i'r tŷ?'

Agorodd llygaid Conor yn fawr.

'Wel, cred fi neu beidio,' aeth ei fam yn ei blaen, heb sylwi, 'mae'r cyffur hwn wedi'i *wneud* o goed yw.'

'Coed yw?' holodd Conor, ei lais yn dawel.

'Ie,' meddai ei fam. 'Darllenais i amdano dro yn ôl, pan ddechreuodd hyn i gyd.' Pesychodd i'w llaw, a pheswch eto. 'Wrth gwrs, ro'n i'n gobeithio na fyddai pethau'n mynd mor bell â hyn, ond mae'r ffaith ein bod ni'n gallu gweld ywen o'n tŷ ni yn hollol anhygoel. Ac mae'n bosib mai'r union goeden honno fydd yn fy ngwella i.'

Roedd meddwl Conor yn chwyrlïo, mor gyflym nes gwneud iddo deimlo'n benysgafn.

'Mae pethau gwyrdd y byd yma'n hollol ryfeddol, on'd ydyn nhw?' meddai ei fam eto. 'Ry'n ni'n gweithio mor galed i gael gwared arnyn nhw er weithiau dyma'r union bethau all ein hachub ni.'

'Wnaiff e dy achub *di*?' holodd Conor, er mor anodd y geiriau.

Gwenodd ei fam eto. 'Dwi'n gobeithio hynny'n fawr,' meddai. 'Dwi'n credu hynny.'

## TYBED WIR?

Aeth Conor allan i goridor yr ysbyty, ei feddwl yn drên. Meddyginiaeth o goed yw. Meddyginiaeth a allai gynnig gwellhâd go iawn. Meddyginiaeth yn union fel y gwrthododd yr Apothecari ei greu ar gyfer yr offeirad. Er, a bod yn onest, roedd Conor yn dal mewn ychydig o benbleth ynglŷn â pham mai tŷ'r offeirad gafodd ei ddymchwel.

Heblaw.

Heblaw *bod* yr anghenfil yma am reswm. Heblaw ei fod wedi dechrau cerdded i wella mam Conor.

Doedd e ddim yn gallu mentro gobeithio. Doedd e ddim yn gallu mentro *meddwl* am y peth.

Nac oedd.

Nac oedd, doedd e ddim yn gallu. Doedd e ddim yn gallu bod yn wir, roedd e'n siarad dwli.

Breuddwyd oedd yr anghenfil. Dyna'r cyfan oedd e, *breuddwyd*.

Ond beth am y dail? A'r aeron? A'r goeden ifanc yn tyfu yn y llawr? A'r dinistr yn lolfa ei fam-gu?

Dechreuodd Conor deimlo'n ysgafn, fel petai rywsut yn dechrau *hofran* yn yr aer.

Oedd hyn yn wir? Oedd e?

Roedd yn gallu clywed lleisiau ac edrychodd i lawr ar hyd y coridor. Roedd ei dad a'i fam-gu'n cweryla.

Doedd e ddim yn gallu clywed beth roedden nhw'n ei ddweud, ond roedd ei fam-gu'n procio brest ei dad yn ffyrnig â'i bys. 'Wel, beth y'ch chi eisie i fi *wneud*?' holodd ei dad, yn ddigon uchel i dynnu sylw ambell un oedd yn pasio ar hyd y coridor. Doedd Conor ddim yn gallu clywed ymateb ei fam-gu, ond taranodd ei ffordd 'nôl ar hyd y coridor heibio i Conor, heb edrych arno o hyd, ac i mewn i stafell ei fam.

Cerddodd ei dad tuag ato ychydig yn ddiweddarach, ei ysgwyddau'n swp.

'Beth sy'n digwydd?' holodd Conor.

'O, mae dy fam-gu'n flin â fi,' atebodd ei dad, gan wenu'n sydyn. 'Dim byd newydd.'

'Pam?'

Ystumiodd ei dad arno. 'Mae newyddion drwg gyda fi, Conor,' meddai. 'Mae'n rhaid i fi fynd adre heno.'

'Heno?' holodd Conor. '*Pam?*'

'Mae'r babi'n sâl.'

'O,' meddai Conor. 'Beth sy'n bod arni?'

'Dim byd rhy ddifrifol mae'n debyg, ond mae Stephanie wedi cynhyrfu ac wedi mynd â hi i'r ysbyty ac mae hi eisie i fi ddod 'nôl yn syth.'

'A ti'n mynd?'

'Ydw, ond bydda i 'nôl,' ychwanegodd ei dad. 'Wythnos i ddydd Sul, ymhen llai na phythefnos. Dwi wedi cael mwy o amser o'r gwaith er mwyn gallu dod 'nôl i dy weld di.'

'Pythefnos,' meddai Conor, bron dan ei anadl. 'Ond mae hynny'n iawn. Mae Mam yn cael meddyginiaeth newydd, sy'n mynd i'w gwella hi. Felly erbyn i ti ddod 'nôl–'

Stopiodd pan sylwodd ar wyneb ei dad.

'Beth am fynd am dro bach, 'machgen i?' holodd ei dad.

Gyferbyn â'r ysbyty roedd parc bychan â llwybrau'n arwain drwy'r coed. Wrth i Conor a'i dad gerdded drwyddo tuag at fainc wag, byddai cleifion yn eu gwisg ysbyty'n eu pasio, yn cerdded gyda'u teuluoedd neu allan ar eu pennau eu hunain yn cael sigarét ar y slei. Gwnâi hynny i'r parc deimlo fel stafell ysbyty allanol. Neu fan i ysbrydion fynd iddi i gael hoe.

'Sgwrs yw hon, ynte fe?' meddai Conor, wrth iddyn nhw eistedd. 'Mae pawb eisie *sgwrs* yn ddiweddar.'

'Conor,' meddai ei dad. 'Y feddyginiaeth newydd yma mae dy fam yn ei chael–'

'Mae'n mynd i'w gwella hi,' meddai Conor yn gadarn.

Oedodd ei dad am eiliad. 'Na'dy, Conor,' meddai. 'Mae'n debygol na fydd e.'

'Ydy, wrth gwrs,' mynnodd Conor.

'Dyma'r cyfle olaf, 'machgen i. Mae'n ddrwg gyda fi, ond mae pethau wedi symud yn rhy gyflym.'

'Bydd e'n ei gwella hi. Dwi'n gwybod.'

'Conor,' meddai ei dad eto. 'Y rheswm pam roedd dy fam-gu'n flin â fi oedd am nad oedd hi'n credu bod dy fam a fi wedi bod yn ddigon onest â ti. Am yr hyn sy'n digwydd mewn gwirionedd.'

'Beth mae Mam-gu'n gwybod?'

Rhoddodd tad Conor ei law ar ei ysgwydd. 'Conor, mae dy fam–'

'Mae hi'n mynd i fod yn iawn,' mynnodd Conor, gan ysgwyd llaw ei dad i ffwrdd a chodi ar ei draed. 'Y feddyginiaeth newydd 'ma yw'r gyfrinach. Dyma'r holl reswm. Dwi'n gwybod.'

Edrychodd ei dad arno'n ddryslyd. 'Y rheswm am beth?'

'Felly, cer di 'nôl i America,' aeth Conor yn ei flaen, 'a cher 'nôl at dy deulu arall a byddwn ni'n iawn 'ma hebddot ti. Achos mae hyn yn mynd i weithio.'

'Na'dy, Conor–'

'Ydy, *mae* e. Mae e'n mynd i weithio.'

'Conor,' meddai ei dad, gan bwyso 'mlaen. 'Does dim diweddglo hapus i bob stori.'

Gwnaeth hyn iddo stopio. Oherwydd doedd dim, oedd e? Dyna un peth roedd yr anghenfil yn bendant wedi dysgu iddo. Roedd storïau'n anifeiliaid gwyllt, gwyllt oedd yn tasgu i gyfeiriadau annisgwyl.

Roedd ei dad yn ysgwyd ei ben. 'Mae hyn yn ormod i'w ofyn i ti. Wrth gwrs, dwi'n gwybod hynny. Mae'n annheg ac yn greulon. Ddim dyma sut y dylai pethau fod.'

Wnaeth Conor ddim ateb.

'Bydda i 'nôl wythnos i ddydd Sul,' meddai ei dad. 'Cofia hynny, ocê?'

Syllodd Conor ar yr haul a chau ei lygaid. Roedd mis Hydref wedi bod yn rhyfeddol o gynnes, fel petai'r haf yn brwydro i gadw'i dir.

'Am faint wnei di aros?' holodd Conor o'r diwedd.

'Gymaint â phosib.'

'Cyn mynd 'nôl?'

'Mae'n rhaid i fi. Mae gyda fi–'

'Deulu arall yno,' mentrodd Conor.

Ceisiodd ei dad estyn ei law allan iddo eto, ond roedd Conor eisoes wedi'i throi hi 'nôl tua'r ysbyty.

Achos na, fe *fyddai*'n gweithio, dyna'r holl reswm pam roedd yr anghenfil wedi dechrau cerdded. Mae'n *rhaid* mai dyna'r gwir. Os oedd yr anghenfil yn bod go iawn mae'n *rhaid* mai dyna'r rheswm.

Taflodd Conor gip ar y cloc ar flaen yr ysbyty wrth fynd 'nôl i mewn.

Wyth awr arall tan 12.07.

## DIM STORI

'Alli di ei gwella hi?' holodd Conor.

*Coeden wellhad yw'r ywen,* meddai'r anghenfil. *Dyna fy newis ffurf wrth gerdded fel arfer.*

Gwgodd Conor. 'Dyw hynny ddim wir yn ateb.'

Gwenodd yr anghenfil arno â'i wên fileinig.

Roedd mam-gu Conor wedi'i yrru 'nôl i'w chartref wedi i'w fam syrthio i gysgu ar ôl methu bwyta'i swper. Doedd ei fam-gu ddim wedi siarad ag e am y dinistr yn ei lolfa o hyd. Prin roedd hi wedi siarad ag ef *o gwbl.*

'Dwi'n mynd 'nôl,' meddai hi, wrth iddo gamu allan o'r car. 'Bydd rhaid i ti fwydo dy hun. Dwi'n gwybod y gelli di wneud hynny o leiaf.'

'Ydych chi'n meddwl bod Dad wedi cyrraedd y maes awyr?' holodd Conor.

Ochenaid ddiamynedd oedd unig ymateb ei

fam-gu. Caeodd y drws a gyrrodd hithau i ffwrdd. Wedi iddo fynd i mewn i'r tŷ, roedd y cloc – yr un batri rhad yn y gegin, sef yr unig un oedd ganddyn nhw bellach – wedi cripio'i ffordd tuag at ganol nos heb iddi ddychwelyd na ffonio. Ystyriodd ei ffonio ei hun, ond roedd hi eisoes wedi gweiddi arno unwaith pan ddeffrodd sŵn y ffôn ei fam.

Doedd dim ots. Mewn gwirionedd, roedd pethau'n haws fel hyn. Doedd dim rhaid iddo esgus mynd i'r gwely. Arhosodd nes i'r cloc gyrraedd 12.07. Yna aeth y tu allan a holi, 'Ble wyt ti?'

A dyma'r anghenfil yn ateb, *Dwi yma* gan gamu dros sied swyddfa Mam-gu mewn un symudiad rhwydd.

'Alli di ei *gwella* hi?' holodd Conor eto, yn fwy awdurdodol.

Edrychodd yr anghenfil i lawr arno. *Nid fi sydd i benderfynu.*

'Pam ddim?' holodd Conor. 'Ti'n gallu dymchwel tai ac achub gwrachod. Dywedaist ti fod pob rhan ohonot ti'n gallu cynnig gwellhad, petai pobl ddim ond yn barod i'w defnyddio.'

*Os oes modd gwella dy fam*, meddai'r anghenfil, *yna bydd yr ywen yn gwneud hynny.*

Plethodd Conor ei freichiau. 'Wyt ti'n dweud dy fod ti'n gallu?'

Yna gwnaeth yr anghefil rywbeth nad oedd e wedi gwneud tan nawr.

Eisteddodd.

Gosododd ei bwysau i gyd ar ben swyddfa Mam-gu. Gallai Conor glywed y pren yn ochneidio wrth i'r to sigo. Llamodd ei galon i'w wddf. Petai'n dinistrio'i swyddfa hefyd, pwy a ŵyr beth byddai hi'n ei wneud iddo. Ei yrru i'r carchar o bosib. Neu hyd yn oed yn waeth, ysgol breswyl.

*Dwyt ti ddim yn gwybod o hyd pam gwnest ti 'ngalw i, wyt ti?* holodd yr anghenfil. *Dwyt ti ddim yn gwybod o hyd pam dwi'n cerdded. Dwi ddim yn gwneud hyn bob dydd, cofia, Conor O'Malley.*

'Wnes i ddim dy alw di,' meddai Conor. 'Oni bai i mi wneud hynny mewn breuddwyd neu rywbeth. Ac hyd yn oed os gwnes i, ar gyfer Mam oedd hynny.'

*Wyt ti'n siŵr?*

'Wel, pam arall?' holodd Conor, gan godi'i lais. 'Wnes i ddim gwneud hynny i wrando ar dy storïau dwl di.'

*Wyt ti wedi anghofio am lolfa dy fam-gu?*

Dechreuodd gwên fach oglais gwefusau Conor.

*Fel roeddwn i'n amau,* meddai'r anghenfil.

'Dwi o ddifri,' meddai Conor.

*A finnau. Ond dydyn ni ddim yn barod eto ar gyfer y drydedd stori a'r stori olaf. Bydd hynny cyn hir. Ac wedyn, byddi di'n adrodd dy stori* **di**, *Conor O'Malley. Byddi di'n adrodd dy wirionedd di i fi.* Pwysodd yr anghenfil 'mlaen. *Ac rwyt ti'n gwybod am beth dwi'n* sôn.

Daeth y niwl i'w hamgylchynu'n sydyn unwaith eto a diflannodd gardd ei fam-gu. Newidiodd y byd i wacter llwyd, ac roedd Conor yn gwybod yn union ble'r oedd e, yn union beth oedd wedi digwydd.

Roedd y tu mewn i'r hunllef.

Dyma sut roedd hynny'n teimlo, dyma sut roedd hynny'n *edrych*, ymylon y byd yn dadfeilio o'i gwmpas a Conor yn gwneud ei orau i ddal gafael yn ei dwylo, yn eu teimlo nhw'n llithro o'i afael, yn ei theimlo hi'n *syrthio*–

'Na!' llefodd. 'Na! Nid hyn!'

Ciliodd y niwl ac roedd e 'nôl yng ngardd ei fam-gu unwaith eto, yr anghenfil yn dal i eistedd ar do ei swyddfa.

'Nid dyna fy ngwirionedd i,' meddai Conor a'i lais yn crynu. 'Dim ond hunllef yw hynny.'

*Serch hynny,* meddai'r anghenfil, gan sefyll ar ei draed, wrth i'r trawstiau ar do swyddfa'i fam-gu ymddangos fel petaen nhw'n gollwng ochenaid o ryddhad, *dyna fydd yn digwydd wedi'r drydedd stori.*

'Gwych,' meddai Conor, 'stori arall a chymaint o bethau pwysig eraill yn digwydd.'

*Mae storïau'n bwysig,* meddai'r anghenfil. *Gallan nhw fod yn bwysicach na dim byd arall. Os oes gwir ynddyn nhw.*

'Storïau bywyd,' meddai Conor, yn sarrug, dan ei anadl.

Edrychai'r anghenfil yn syn. *Wrth gwrs,* meddai. Dechreuodd droi ar ei sawdl, gan daflu cipolwg ar Conor. *Chwilia amdana i cyn hir.*

'Dwi eisie gwybod beth sy'n mynd i ddigwydd i Mam,' meddai Conor.

Oedodd yr anghenfil. *Dwyt ti ddim yn gwybod eisoes?*

'Dywedaist ti dy fod ti'n goeden wellhad,' mentrodd Conor. 'Wel, dwi eisie i ti *wella*!'

*Ac fe wnaf i,* atebodd yr anghenfil.

A gyda chwa o wynt, diflannodd.

## O'R GOLWG

'Dwi eisie mynd i'r ysbyty hefyd,' meddai Conor wrth ei fam-gu yn y car y bore wedyn. 'Dwi ddim eisie mynd i'r ysgol heddiw.'

Dal ati i yrru wnaeth ei fam-gu. Roedd hi'n ddigon posib na fyddai hi'n siarad ag e fyth eto.

'Sut oedd hi neithiwr?' holodd. Arhosodd ar ei draed yn hwyr wedi i'r anghenfil adael, ond er hynny roedd e wedi cysgu cyn i'w fam-gu gyrraedd adref.

'Rhywbeth tebyg,' atebodd, yn swrth, gan gadw'i sylw ar yr heol.

'Ydy'r feddyginiaeth newydd yn gwneud lles?'

Buodd hi mor hir yn ateb y cwestiwn hwn nes ei fod yn meddwl na fyddai hi'n gwneud ac roedd ar fin holi eto pan ddywedodd hi, 'Mae'n rhy gynnar i ddweud.'

Gadawodd i'w fam-gu yrru ar hyd ychydig o

strydoedd, wedyn gofynnodd, 'Pryd bydd hi'n dod adre?'

Atebodd ei fam-gu mohono, er bod ganddyn nhw hanner awr arall cyn iddyn nhw gyrraedd yr ysgol.

Doedd dim gobaith canolbwyntio yn y gwersi. Ond doedd dim ots am hynny, unwaith eto, am na wnaeth un o'r athrawon ofyn cwestiwn iddo beth bynnag. Na'r disgyblion eraill yn ei ddosbarth. Erbyn amser cinio, roedd wedi treulio bore arall heb ddweud gair wrth neb.

Eisteddodd ar ei ben ei hun ar ochr bellaf y ffreutur, heb gyffwrdd yn y bwyd o'i flaen. Roedd hi'n anhygoel o swnllyd yn y stafell, gyda sŵn sgrechian a gweiddi ac ymladd a chwerthin ei gyd-ddisgyblion yn rhuo dros y lle. Gwnaeth Conor ei orau i anwybyddu'r cyfan.

Byddai'r anghenfil yn ei gwella hi. Wrth gwrs y byddai. Pam *arall* byddai e wedi dod? Doedd dim eglurhad arall. Roedd wedi dechrau cerdded fel coeden wellhad, yr un goeden oedd wedi darparu meddyginiaeth ar gyfer ei fam, felly pam arall?

*Plis*, meddyliodd Conor wrth syllu ar ei hambwrdd oedd yn llawn cinio. *Plis*.

Glaniodd dwy law'n galed naill ochr i'r hambwrdd o ochr arall y bwrdd, gan daro sudd oren Conor dros ei gôl.

Cododd Conor ar ei draed, ond ddim yn ddigon cyflym. Roedd ei drowsus yn wlyb, a hylif yn diferu i lawr ei goesau.

'Mae O'Malley wedi gwlychu'i hun!' Roedd Sully eisoes yn gweiddi, ac Anton yn chwerthin lond ei fol ar ei bwys.

'Dyma ti!' meddai Anton, gan fflicio ychydig o'r pwllyn oddi ar y bwrdd at Conor. 'Dyma ychydig eto i ti!'

Safai Harri rhwng Anton a Sully, fel arfer, ei freichiau wedi'u plethu, yn syllu.

Syllodd Conor yn ôl arno.

Safodd y ddau yn llonydd gyhyd nes i Sully ac Anton ymdawelu. Dechreuodd y ddau edrych yn anesmwyth wrth i'r gystadleuaeth syllu barhau, gan geisio dychmygu beth roedd Harri am ei wneud nesaf.

Ceisiodd Conor ddychmygu hefyd.

'Dwi'n credu 'mod i wedi dy ddeall di, O'Malley,' meddai Harri o'r diwedd. 'Dwi'n credu 'mod i'n gwybod beth wyt ti eisie.'

'Ti mewn trwbwl nawr,' meddai Sully. Chwarddodd Anton ac yntau, gan daro dyrnau.

Doedd Conor ddim yn gallu gweld unrhyw athrawon o gornel ei lygad, felly roedd e'n gwybod bod Harri wedi dewis adeg pryd y gallen nhw ei boenydio heb gael eu gweld.

Roedd Conor ar ei ben ei hun.

Camodd Harri 'mlaen, yn bwyllog.

'Dyma'r ergyd galetaf eto, O'Malley,' meddai Harri. 'Dyma'r peth gwaethaf galla i ei wneud i ti.'

Daliodd ei law allan, fel petai'n cynnig ysgwyd llaw.

*Roedd* e'n gofyn am gael ysgwyd llaw.

Ymatebodd Conor yn naturiol hollol, gan roi ei law yn llaw Harri a'i ysgwyd cyn iddo hyd yn oed ystyried beth oedd e'n gwneud. Dyma'r ddau'n ysgwyd llaw fel dau ddyn busnes ar ddiwedd cyfarfod.

'Hwyl fawr, O'Malley,' meddai Harri, gan edrych yn syth i lygaid Conor. 'Dwi ddim yn dy weld di bellach.'

Yna gollyngodd law Conor, yn troi'i gefn ac yn cerdded i ffwrdd. Edrychai Anton a Sully mewn mwy o benbleth fyth, ond ymhen eiliad, cerddodd y ddau i ffwrdd hefyd.

Wnaeth yr un ohonyn nhw edrych 'nôl ar Conor.

Roedd cloc digidol anferth ar wal y ffreutur, a brynwyd rywbryd yn ystod y saithdegau fel yr enghraifft diweddaraf o dechnoleg, ond chafodd e 'mo'i ddiweddaru, er ei fod yn hŷn na mam Conor. Wrth i Conor wylio Harri'n cerdded i ffwrdd, yn cerdded heb edrych 'nôl, yn cerdded i ffwrdd heb wneud *dim*, aeth Harri heibio i'r cloc digidol.

Roedd cinio'n dechrau am 11.55 ac yn gorffen am 12.40.

Yn ôl y cloc, roedd hi bellach yn 12.06.

Atseiniai geiriau Harri ym mhen Conor.

'Dwi ddim yn dy weld di bellach.'

Roedd Harri'n dal i gerdded i ffwrdd, yn unol â'i addewid.

'Dwi ddim yn dy weld di bellach.'

Newidiodd y cloc i 12.07.

*Mae'n bryd dweud y drydedd stori*, meddai'r anghenfil o'r tu ôl iddo.

## Y DRYDEDD STORI

*Un tro, roedd dyn anweledig,* aeth yr anghenfil yn ei flaen, er bod Conor yn dal i gadw llygad craff ar Harri, *a oedd wedi cael llond bol ar fod yn anweledig.*

Dechreuodd Conor gerdded yn ei flaen.

Cerdded ar ôl Harri.

*Nid ei fod e **wir** yn anweledig,* meddai'r anghenfil, gan ddilyn Conor, a'r sŵn yn y ffreutur yn tawelu wrth iddyn nhw fynd heibio. *Y gwir oedd bod pobl wedi dod yn gyfarwydd â pheidio â'i weld.*

'Hei!' gwaeddodd Conor. Ond wnaeth Harri ddim troi o'i gwmpas. Na Sully nac Anton chwaith, er eu bod nhw'n dal i gilwenu wrth i Conor gyflymu'i gam.

*Ac os nad oes neb yn dy weld di,* meddai'r anghenfil, gan gyflymu'i gam hefyd, *wyt ti yno o gwbl?*

'HEI!' gwaeddodd Conor yn uchel.

Roedd y ffreutur yn dawel bellach, wrth i Conor a'r anghenfil symud yn gyflymach ar sodlau Harri.

Harri oedd heb droi atyn nhw o hyd.

Cyrhaeddodd Conor ato a gafael ynddo gerfydd ei ysgwydd, a'i droi o gwmpas. Dechreuodd Harri esgus holi beth oedd wedi digwydd, gan edrych yn daer ar Sully, gan smalio mai fe oedd wedi gwneud hynny. 'Paid â chwarae dwli,' meddai Harri a throi i ffwrdd unwaith eto.

Troi i ffwrdd wrth Conor.

*Ac yna un diwrnod penderfynodd y dyn anweledig*, meddai'r anghenfil, a'i lais yn canu yng nghlustiau Conor, *fe wna i'n **siŵr** eu bod nhw'n fy ngweld i.*

'Sut?' holodd Conor, gan anadlu'n drwm unwaith eto, heb droi'i ben i weld yr anghenfil yn sefyll yno, nac edrych ar ymateb y stafell i'r anghenfil anferth oedd bellach yn eu plith, er ei fod yn ymwybodol o'r sibrwd nerfus a'r disgwylgarwch rhyfedd yn yr aer. 'Sut wnaeth y dyn hynny?'

Roedd Conor yn gallu teimlo'r anghenfil yn dynn ar ei sodlau, gan wybod ei fod yn penlinio, a gwybod bod ei wyneb yn agos i'w glust er mwyn gallu sibrwd iddi, er mwyn datgelu gweddill y stori.

*Fe alwodd e*, meddai, *am **anghenfil**.*

Ac estynnodd law angenfilaidd anferth heibio i Conor a thaflu Harri ar draws y llawr.

Dechreuodd hambyrddau glecian a phobl sgrechian wrth i Harri hedfan tin dros ben heibio iddyn nhw. Syllodd Anton a Sully'n syfrdan, ar Harri gyntaf, yna'n ôl ar Conor.

Newidiodd eu hwynebau wrth iddyn nhw ei weld. Camodd Conor yn agosach eto atyn nhw, gan deimlo'r anghenfil anferth y tu ôl iddo.

Trodd Anton a Sully ar eu sodlau a rhedeg.

'Beth wyt ti'n feddwl ti'n wneud, O'Malley?' holodd Harri wrth iddo godi'i hun oddi ar y llawr, gan ddal ei dalcen wedi iddo'i daro yn erbyn y llawr wrth ddisgyn. Tynnodd ei law i ffwrdd a dechreuodd ambell un sgrechian o weld gwaed.

Dal ati i gerdded yn ei flaen wnaeth Conor, wrth i bobl sgrialu allan o'i ffordd. Dilynodd yr anghenfil e, gam wrth gam.

'Dwyt ti ddim yn fy ngweld i?' gwaeddodd Conor wrth nesu. 'Dwyt ti ddim yn fy *ngweld* i?'

'Na'dw, O'Malley!' gwaeddodd Harri arno wrth godi. 'Na'dw. Does neb yma'n dy weld di!'

Arhosodd Conor ac edrych o'i gwmpas yn araf. Roedd pawb yn y ffreutur yn eu gwylio nhw nawr, yn aros i weld beth fyddai'n digwydd.

Heblaw pan drodd Conor i'w wynebu. Dyna pryd wnaeth pawb edrych i ffwrdd, fel petai'n rhy chwithig neu boenus i edrych yn uniongyrchol arno. Dim ond Lili ddaliodd ei sylw am fwy nag eiliad, ei hwyneb yn bryderus a phoenus.

'Wyt ti'n meddwl bod hyn yn codi ofn arna i, O'Malley?' meddai Harri, gan gyffwrdd â'r gwaed ar ei dalcen. 'Wyt ti'n meddwl y gelli di godi ofn arna i fyth?'

Ddywedodd Conor ddim gair, dim ond symud yn ei flaen unwaith eto.

Camodd Harri 'nôl.

'Conor O'Malley,' meddai, ei lais yn swnio'n fwy gwenwynllyd nawr. 'Yr un mae pawb yn teimlo trueni drosto oherwydd ei fam. Sy'n cerdded o gwmpas yr ysgol yn ymddwyn fel petai e mor wahanol, heb fod neb yn gwybod ei fod yn *dioddef*.'

Daliodd Conor ati i gerdded. Roedd e bron yno.

'Conor O'Malley sydd eisie cael ei gosbi,' meddai Harri, gan gamu'n ôl o hyd, yn edrych i fyw llygaid Conor. 'Conor O'Malley, sydd *angen* cael ei gosbi. A pham hynny, Conor O'Malley? Pa gyfrinachau erchyll wyt ti'n eu cuddio?'

'*Cau dy ben*,' meddai Conor.

Ac roedd yn gallu clywed llais yr anghenfil yn cydadrodd y geiriau gydag e.

Cymerodd Harri gam arall am yn ôl nes ei fod yn erbyn y ffenest. Teimlai fel petai'r ysgol gyfan yn dal ei hanadl, yn aros i weld beth roedd Conor yn mynd i'w wneud. Roedd yn gallu clywed athro neu ddau'n gweiddi o'r tu allan, ar ôl sylweddoli o'r diwedd beth oedd yn digwydd.

'Ond wyt ti'n gwybod beth *dwi*'n ei weld wrth edrych arnat ti, O'Malley?' holodd Harri.

Gwasgodd Conor ei ddwylo'n ddyrnau.

Pwysodd Harri 'mlaen, ei lygaid yn fflachio. 'Dwi'n gweld *dim*,' meddai.

Heb droi o'i gwmpas, gofynnodd Conor gwestiwn i'r anghenfil.

'Beth wnest ti er mwyn helpu'r dyn anweledig?'

A theimlodd lais yr anghenfil unwaith eto, fel petai y tu mewn i'w ben ef ei hun.

'*Wnes i iddyn nhw* **weld**, atebodd.

Gwasgodd Conor ei ddyrnau'n dynnach fyth.

Yna llamodd yr anghenfil 'mlaen er mwyn gwneud i Harri weld.

COSB

'Does dim syniad gen i beth i'w ddweud.' Gwnaeth y Pennaeth ryw sŵn diamynedd ac ysgwyd ei phen. 'Beth galla i ddweud wrthot ti, Conor?'

Syllu ar y carped lliw hen win roedd Conor. Roedd Miss Kwan yno hefyd, yn eistedd y tu ôl iddo, fel petai'n amau y byddai'n dianc. Synhwyrodd yn hytrach na gweld y Pennaeth yn pwyso 'mlaen. Roedd hi'n hŷn na Miss Kwan. A rywsut, ddwywaith yn fwy brawychus.

'Buodd rhaid iddo fynd i'r *ysbyty*, Conor,' meddai. 'Wnest ti dorri'i fraich, ei drwyn, a dwi'n amau na fydd ei ddannedd e'n edrych mor hardd â hynny fyth eto. Mae'i rieni'n bygwth mynd â'r ysgol i gyfraith *a* dod ag achos yn dy erbyn di.'

Cododd Conor ei ben o glywed hynny.

'Roedden nhw'n ofidus iawn, Conor,' ychwanegodd Miss Kwan o'r tu ôl iddo, 'a dwi ddim yn eu beio nhw. Wnes i egluro beth oedd wedi bod yn digwydd, serch hynny. Ei fod e wedi bod yn dy fwlio di'n gyson a bod dy amgylchiadau di'n rhai ... arbennig.'

Gwingodd Conor o glywed y gair.

'Y sôn am y bwlian wnaeth godi braw arnyn nhw,' eglurodd Miss Kwan, â dicter yn ei llais. 'Dydy prifysgolion ddim yn hoff o glywed unrhyw sôn am gyhuddiadau o fwlian y dyddiau yma, mae'n debyg.'

'*Ond nid dyna'r pwynt*!' meddai'r Pennaeth, mor uchel nes gwneud i Conor a Miss Kwan neidio. 'Alla i ddim gwneud unrhyw synnwyr o'r hyn sydd wedi digwydd.' Edrychodd ar ambell ddarn o bapur ar ei desg, adroddiadau gan athrawon a disgyblion eraill, dyfalodd Conor. 'Dwi ddim hyd yn oed yn gwybod sut gallai un bachgen fod wedi achosi'r fath niwed ar ei ben ei hun.'

Roedd Conor wedi *teimlo* beth roedd yr anghenfil yn gwneud i Harri, wedi teimlo'r cyfan yn ei ddwylo ei hun. Pan afaelodd yr anghenfil yng nghrys Harri, roedd Conor yn gallu teimlo'r defnydd yn erbyn ei gledrau ei hun. Pan drawodd yr anghenfil e, roedd Conor yn gallu teimlo'r ergyd yn ei ddwrn ei hun.

Pan ddaliodd yr anghenfil fraich Harri y tu ôl i'w gefn, roedd Conor wedi teimlo cyhyrau Harri'n ymateb.

Ymateb ond ddim yn ennill.

Oherwydd sut roedd bachgen yn gallu cael y gorau ar anghenfil?

Cofiodd yr holl sgrechian a rhedeg. Cofiodd y plant eraill yn ffoi i nôl athrawon. Cofiodd y cylch o'i gwmpas yn agor yn lletach a lletach wrth i'r anghenfil adrodd y stori am bopeth roedd e wedi'i wneud ar ran y dyn anweledig.

*Fydd e fyth yn anweledig eto*, meddai'r anghenfil wrth ddyrnu Harri. *Byth yn anweledig eto.*

Daeth adeg pan stopiodd Harri geisio brwydro'n ôl, pan oedd ergydion yr anghenfil yn rhy gryf, yn rhy niferus, yn rhy gyflym, pan ddechreuodd ymbil ar yr anghenfil i stopio.

*Byth yn anweledig eto*, meddai'r anghenfil, gan roi'r gorau iddi, ei ddyrnau canghennog anferth wedi'u cyrlio mor dynn â chlec taran.

Trodd at Conor.

*Ond mae pethau gwaeth na bod yn anweledig*, meddai.

A diflannodd, gan adael Conor ar ei ben ei hun yn sefyll dros Harri, oedd yn crynu ac yn gwaedu.

Roedd pawb yn y ffreutur yn syllu ar Conor bellach. Roedd pawb yn gallu ei weld, ac roedd pob llygad wedi'u hoelio arno. Roedd y tawelwch yn y stafell yn llethol, yn rhy lethol i lawer o'r plant, cyn i'r athrawon gyrraedd i roi stop ar y miri – ble'r oedden nhw wedi bod? Oedd yr anghenfil wedi'u rhwystro rhag gweld? Neu a oedd y cyfan wedi digwydd ar amrantiad? Roedd hi'n bosib clywed y gwynt yn hyrddio drwy ffenest agored, gwynt a ollyngodd ychydig ddail bach pigog ar y llawr.

Yna daeth dwylo oedolion i gydio yn Conor, a'i lusgo i ffwrdd.

'Beth sydd gen ti i'w ddweud felly?' holodd y Pennaeth.

Cododd Conor ei ysgwyddau.

'Bydd angen mwy o ymateb na hynny,' meddai. 'Rwyt ti wedi'i niweidio'n ddifrifol.'

'Nid fi wnaeth,' sibrydodd Conor.

'Beth ddywedaist ti?' holodd yn sarrug.

'Nid fi wnaeth,' meddai Conor, yn gliriach y tro hwn. 'Yr anghenfil wnaeth.'

'Yr anghenfil,' meddai'r Pennaeth.

'Wnes i ddim cyffwrdd yn Harri.'

Gwnaeth y Pennaeth siâp saeth â blaen ei bysedd

a rhoddodd ei pheneliniau ar ei desg. Taflodd gip ar Miss Kwan.

'Gwelodd llond ffreutur o bobl ti'n taro Harri, Conor,' meddai Miss Kwan. 'Fe welson nhw ti'n ei daro i'r llawr. Fe welson nhw ti'n ei wthio dros fwrdd. Fe welson nhw ti'n taro'i ben yn erbyn y llawr.' Pwysodd Miss Kwan 'mlaen. 'Fe glywson nhw ti'n gweiddi am gael dy weld. Am beidio â bod yn anweledig mwyach.'

Ystwythodd Conor ei ddwylo'n araf. Roedden nhw'n boenus eto. Yn union fel yr adeg wedi iddo ddinistrio lolfa'i fam-gu.

'Dwi'n gallu deall dy fod ti'n flin,' ychwanegodd Miss Kwan, ei llais ychydig yn fwy meddal y tro hwn. 'Y gwir yw, dydyn ni ddim wedi gallu cysylltu ag unrhyw riant na warcheidwad i ti.'

'Mae Dad wedi hedfan 'nôl i America,' meddai Conor. 'Ac mae Mam-gu wedi dechrau diffodd y sŵn canu ar ei ffôn rhag ofn iddo ddeffro Mam.' Crafodd gefn ei law. 'Mae'n siŵr y bydd Mam-gu yn eich ffonio chi 'nôl.'

Pwysodd y Pennaeth 'nôl yn drwm yn ei chadair. 'Gwaharddiad ar unwaith yw rheol yr ysgol,' meddai.

Roedd Conor yn gallu teimlo'i stumog yn suddo,

ei holl gorff yn gwegian dan dunnell o bwysau ychwanegol.

Yna sylweddolodd ei fod yn gwegian oherwydd bod y pwysau wedi *codi*.

Cafodd ei orchfygu gan deimlad o *ryddhad*, a oedd mor bwerus nes bron gwneud iddo grio, yno yn swyddfa'r Pennaeth.

Byddai'n cael ei gosbi. Roedd yn mynd i ddigwydd o'r diwedd. Byddai popeth yn gwneud synnwyr unwaith eto. Roedd hi'n mynd i'w wahardd o'r ysgol.

Roedd cosb ar y ffordd.

Diolch i Dduw. Diolch i *Dduw*–

'Ond alla i ddim gwneud hynny,' meddai'r Pennaeth.

Rhewodd Conor.

'Ond alla i ddim gwneud hynny a galw fy hun yn athrawes.' meddai. 'O ystyried popeth sy'n dy wynebu di.' Gwgodd. 'O ystyried yr hyn ry'n ni'n gwybod am Harri.' Ysgydwodd ei phen ryw ychydig. 'Daw diwrnod i drafod hyn eto, Conor O'Malley. Ac fe *wnawn* ni, cred ti fi.' Dechreuodd gasglu'r papurau ar ei desg. 'Ond nid heddiw.' Edrychodd arno unwaith eto. 'Mae gen ti bethau mwy i feddwl amdanyn nhw.'

Aeth ychydig amser heibio cyn i Conor sylweddoli bod y cyfan drosodd. Dyna ni. Dyna ddiwedd y mater.

'Dydych chi ddim am fy nghosbi i?' holodd.

Gwenodd y Pennaeth yn drist arno, gwên garedig, bron iawn, cyn dweud bron yr union eiriau ag a ddywedodd ei dad wrtho. 'Pa les fyddai hynny?'

Cerddodd Miss Kwan 'nôl gydag ef i'w wers. Cadwodd y ddau ddisgybl a basiodd nhw yn y coridor eu pellter gan wthio'u hunain yn erbyn y wal er mwyn gwneud lle iddyn nhw fynd heibio.

Tawelodd y disgyblion yn ei ddosbarth pan agorodd y drws, a ddywedodd yr un ohonyn nhw, yn cynnwys yr athro, yr un gair wrth iddo gerdded 'nôl at ei ddesg. Edrychai Lili, oedd yn eistedd wrth y ddesg gyferbyn, fel petai ar fin dweud rhywbeth. Ond wnaeth hi ddim.

Ddywedodd neb air wrtho am weddill y dydd.

*Mae gwaeth pethau na bod yn anweledig*, meddai'r anghenfil, a gwir y gair.

Doedd Conor ddim yn anweledig bellach. Roedd pawb yn gallu'i weld e nawr.

Ond roedd e'n bellach i ffwrdd nag erioed.

NODYN

Aeth diwrnod neu ddau heibio. Wedyn ychydig eto. Anodd dweud sawl un yn iawn. I Conor, roedd y cyfan yn ymddangos fel un diwrnod mawr llwyd. Byddai'n codi bob bore a'i famgu'n gwrthod siarad ag e, ddim hyd yn oed am alwad ffôn y Pennaeth. Byddai'n mynd i'r ysgol, a neb yn siarad ag e yno chwaith. Byddai'n ymweld â'i fam yn yr ysbyty, ond byddai hi wedi blino gormod i siarad ag e. Byddai ei dad yn ffonio, ond fyddai gan hwnnw ddim byd i'w ddweud.

Doedd dim sôn am yr anghenfil chwaith, ddim ers yr ymosodiad ar Harri, hyd yn oed os oedd hi'n bryd i Conor adrodd ei stori e'n gyfnewid am storïau'r anghenfil. Bob nos, byddai Conor yn aros a disgwyl. Bob nos, fyddai dim sôn amdano. Efallai am nad oedd syniad gan Conor pa stori i'w hadrodd. Neu fod Conor *yn* gwybod, ond yn gwrthod gwneud.

Yn y pen draw, byddai Conor yn syrthio i gysgu, a'r hunllef yn dod. Byddai'n dod bob nos y byddai'n mynd i gysgu nawr, ac yn waeth nag o'r blaen, os oedd hynny'n bosib. Byddai'n deffro'n gweiddi dair neu bedair gwaith bob nos, ac unwaith roedd pethau cynddrwg nes i'w fam-gu guro ar ei ddrws i weld a oedd e'n iawn.

Ddaeth hi ddim i mewn, serch hynny.

Daeth y penwythnos a threuliwyd hwnnw yn yr ysbyty. Er bod meddyginiaeth ei fam yn araf iawn yn gweithio, roedd hi wedi datblygu haint ar ei hysgyfaint yn y cyfamser. Roedd ganddi hi fwy o boen hefyd, felly treuliai'r rhan fwyaf o'i hamser naill ai'n cysgu neu ddim yn gwneud unrhyw synnwyr oherwydd y tabledi lladd poen. Byddai mam-gu Conor yn ei yrru allan pan fyddai hi felly, ac roedd mor gyfarwydd â chrwydro o gwmpas yr ysbyty nes iddo lwyddo unwaith i fynd ag un hen wraig a oedd ar goll, i'r adran belydr X.

Daeth Lili a'i mam i ymweld ar y penwythnos hefyd, ond llwyddodd i'w hosgoi drwy dreulio'r amser yn darllen cylchgronau yn siop yr ysbyty.

Yna rywsut, roedd hi'n bryd mynd 'nôl i'r ysgol

eto. Er mor anhygoel roedd hynny'n ymddangos, roedd amser yn dal i symud 'mlaen ar gyfer gweddill y byd.

Gweddill y byd nad oedd yn aros a disgwyl.

Roedd Mrs Marl yn rhoi'r gwaith cartref Storïau Bywyd yn ôl. Yn ôl at y rhai hynny roedd bywyd *ganddyn nhw*, beth bynnag. Y cyfan wnâi Conor oedd eistedd wrth ei ddesg, ei ên yn pwyso ar ei law, yn syllu ar y cloc. Roedd dwy awr a hanner arall cyn ei bod hi'n 12.07. Nid y byddai hynny o unrhyw bwys. Roedd e'n dechrau credu bod yr anghenfil wedi diflannu am byth.

Rhywun arall i beidio siarad ag e felly.

'Hei,' clywodd sibrwd o'i gwmpas yn rhywle. Yn gwneud hwyl am ei ben, mae'n siŵr. Edrycha ar Conor O'Malley, yn eistedd fanna fel lwmpyn. Y cranc.

'*Hei*,' clywodd eto, yn fwy taer y tro hwn.

Sylweddolodd mai sibrwd arno *fe* roedd y llais.

Roedd Lili'n eistedd gyferbyn ag e, lle'r oedd hi wedi bod yn eistedd drwy gydol y cyfnod roedden nhw wedi bod yn yr ysgol gyda'i gilydd. Roedd hi'n edrych i fyny ar Mrs Marl o hyd, ond roedd ei bysedd yn dal nodyn heb yn wybod i neb.

Nodyn i Conor.

'*Cymer hwn*,' sibrydodd o gornel ei cheg, gan amneidio at y nodyn.

Edrychodd Conor er mwyn gwneud yn siŵr nad oedd Mrs Marl yn eu gwylio, ond roedd hi'n rhy brysur yn mynegi'i siom bod tebygrwydd hynod rhwng bywyd Sully ac archarwr tebyg i bryfyn. Estynnodd Conor ar draws ei ddesg i gael y nodyn.

Roedd fel petai wedi'i blygu rhai cannoedd o weithiau ac roedd ei agor fel datod cwlwm. Taflodd gipolwg ddiamynedd ar Lili, ond roedd hi'n dal i esgus ei bod hi'n gwylio'r athrawes.

Gosododd Conor y nodyn yn wastad ar ei ddesg i'w ddarllen. Er gwaetha'r holl blygiadau, dim ond pedair llinell oedd i'r nodyn.

Pedair llinell, wnaeth i'r byd dawelu.

*Sori am ddweud wrth bawb am dy fam*, meddai'r llinell gyntaf.

*Dwi'n gweld eisiau bod yn ffrind i ti*, meddai'r ail.

*Wyt ti'n ocê?* meddai'r drydedd.

*Dwi'n dy weld di,* meddai'r bedwaredd, gyda'r *i* wedi'i danlinellu ganwaith.

\* \* \*

Darllennodd y nodyn eto. Ac eto.

Edrychodd draw at Lili, oedd yn brysur yn cael pob math o glod gan Mrs Marl, ond roedd e'n gallu gweld ei bod hi'n gwrido'n gynddeiriog, ac nid dim ond oherwydd yr hyn roedd Mrs Marl yn ei ddweud wrthi.

Symudodd Mrs Marl yn ei blaen, gan basio Conor yn ddiffwdan.

Wedi iddi fynd, edrychodd Lili arno. Edrychodd yn syth i'w lygaid.

Ac roedd hi'n iawn. Roedd hi'n ei weld e, roedd hi *wir* yn ei weld e.

Buodd rhaid iddo lyncu cyn gallu siarad.

'Lili–' dechreuodd ddweud, ond agorodd drws y dosbarth a daeth yr ysgrifenyddes i mewn, gan amneidio ar Mrs Marl a sibrwd rhywbeth yn ei chlust.

Trodd y ddwy i edrych ar Conor.

## 100 MLYNEDD

Oedodd mam-gu Conor y tu allan i stafell ei fam yn yr ysbyty.

'Dwyt ti ddim yn dod i mewn?' holodd Conor.

Ysgydwodd ei phen. 'Fydda i lawr yn y stafell aros,' meddai, a'i adael i fynd i mewn ar ei ben ei hun.

Roedd rhyw deimlad chwerw yn ei stumog yn ofni'r hyn fyddai'n ei wynebu. Doedden nhw fyth wedi'i dynnu allan o'r ysgol o'r blaen, ddim ganol dydd, ddim hyd yn oed pan fuodd yn rhaid iddi fynd i'r ysbyty'r Pasg diwethaf.

Roedd ei feddwl yn fwrlwm o gwestiynau.

Anwybyddodd bob un.

Gwthiodd y drws ar agor gan ofni'r gwaethaf.

Ond roedd ei fam ar ddi-hun, ei gwely wedi'i godi i'w helpu i eistedd i fyny. Roedd hi'n gwenu hefyd, ac am eiliad, llamodd calon Conor. Mae'n rhaid bod y driniaeth wedi gweithio. Roedd yr ywen wedi'i gwella. Roedd yr anghenfil wedi llwyddo–

Yna sylwodd nad oedd y wên yn ymestyn i'w llygaid. Roedd hi'n falch ei weld, ond roedd ofn arni hefyd. Ac roedd hi'n drist. Ac â golwg fwy blinedig arni nag a welodd erioed, oedd yn dweud rhywbeth.

A fydden nhw ddim wedi'i dynnu o'r ysgol er mwyn dweud wrtho'i bod hi'n teimlo ychydig bach yn well.

'Helô, cariad,' meddai, ac wrth iddi ddweud y geiriau hynny, llenwodd ei llygaid a gallai Conor glywed bod ei llais yn dew.

Roedd Conor yn gallu teimlo'i hun yn dechrau cynddeiriogi'n fwy ac yn fwy.

'Dere 'ma,' meddai, gan anwesu'r cynfasau ar ei phwys.

Wnaeth e ddim eistedd yno, serch hynny, gan lithro i gadair wrth ymyl ei gwely yn lle hynny.

'Sut wyt ti, calon?' holodd, ei llais yn wan, ei hanadl yn fwy anghyson na ddoe. Gallai daeru fod mwy o diwbiau'n ei llethu heddiw, yn ffynonellau meddyginiaethau ac aer a phwy a ŵyr beth arall? Doedd hi ddim yn gwisgo sgarff ac roedd ei phen yn foel ac yn wyn dan y fflwroleuadau. Teimlai Conor rhyw ysfa gryf i ganfod rhywbeth i'w orchuddio, a'i ddiogelu, cyn i neb sylweddoli mor fregus roedd ei phen.

'Beth sy'n bod?' holodd. 'Pam wnaeth Mam-gu ddod â fi o'r ysgol?'

'Ro'n i eisie dy *weld* di,' meddai, 'ac am fod y morffin wedi bod yn fy ngwneud i'n hanner call a dwl gymaint, do'n i ddim yn siŵr a fyddai cyfle yn ddiweddarach.'

Plethodd Conor ei freichiau'n dynn o'i flaen. 'Ti ar ddi-hun gyda'r nos weithiau,' meddai. 'Gallet ti fod wedi 'ngweld i heno.'

Roedd e'n gwybod ei fod yn gofyn cwestiwn. Roedd e'n gwybod ei bod hithau'n gwybod hefyd.

'Ro'n i eisie dy weld di *nawr*, Conor,' meddai, ei llais yn gryg a'i llygaid yn llaith unwaith eto.

'Dyma'r sgwrs, ynte fe?' holodd Conor, lawer yn fwy hallt nag yr oedd wedi'i fwriadu. 'Dyma'r …'

Wnaeth e ddim gorffen ei frawddeg.

'Edrych arna i, cariad,' meddai, o'i weld yn syllu ar y llawr. Yn araf, edrychodd 'nôl arni. Â gwên hynod flinedig ar ei hwyneb, sylwodd mor ddwfn roedd hi wedi suddo i mewn i'w chlustogau, fel petai ddim digon o nerth ganddi i godi'i phen. Sylweddolodd eu bod nhw wedi codi'r gwely am na fyddai hi wedi gallu edrych arno fel arall.

Anadlodd yn ddwfn er mwyn gallu siarad, a barodd iddi ddechrau ar bwl o beswch llethol o drwm. Aeth rhai munudau hir heibio cyn iddi lwyddo i siarad eto.

'Fe ges i air â'r meddygon bore 'ma,' meddai, ei llais yn wanllyd. 'Dyw'r driniaeth newydd ddim yn gweithio, Conor.'

'Yr un o'r ywen?'

'Ie.'

Gwgodd Conor. 'Pam dyw e ddim yn gweithio?'

Llyncodd ei fam. 'Mae pethau wedi symud yn rhy gyflym. Gobaith gwan oedd e. A nawr mae haint arna i–'

'Ond pam dyw e ddim yn *gweithio*?' holodd Conor eto, fel petai'n holi rhywun arall.

'Dwi'n gwybod,' atebodd ei fam, y wên drist yn dal ar ei hwyneb. 'Ro'n i'n teimlo bod yr ywen yna'n ffrind i fi, o edrych arni bob dydd, ac y byddai'n fy helpu i i wynebu'r gwaetha.'

Roedd breichiau Conor wedi'u plethu o hyd. 'Ond wnaeth hi *ddim* helpu.'

Ysgydwodd ei fam ei phen ychydig. Roedd

golwg bryderus ar ei hwyneb, a sylweddolodd Conor mai gofidio amdano *fe* roedd hi.

'Felly beth sy'n digwydd nesa?' holodd Conor. 'Beth yw'r driniaeth nesa?'

Wnaeth hi ddim ateb. A oedd yn ateb ynddo'i hun.

Ond dywedodd Conor yr ateb yn uchel beth bynnag. 'Does dim mwy o driniaeth.'

'Sori, cariad,' meddai ei fam, â dagrau'n llifo i lawr ei bochau bellach, er ei bod hi'n dal i geisio gwenu. 'Dwi heb fod yn fwy sori am ddim yn fy mywyd erioed.'

Trodd Conor i edrych ar y llawr unwaith eto. Teimlai fel petai'n methu anadlu, fel petai'r hunllef yn gwasgu'r anadl allan ohono. 'Ond dywedaist ti y byddai'r driniaeth yn gweithio,' meddai a'i lais yn crynu.

'Dwi'n gwybod.'

'*Dywedaist* ti. Roeddet ti'n *credu* y byddai'n gweithio.'

'Dwi'n gwybod.'

'Celwydd,' meddai Conor, gan edrych arni unwaith eto. 'Rwyt ti wedi bod yn dweud celwydd drwy'r cwbl.'

'Ro'n i wir *yn* credu y byddai'n gweithio,'

meddai. 'Mae'n siŵr mai dyna sydd wedi bod yn fy nghadw i i fynd tan nawr, Conor. Credu fel y byddet *tithau*'n credu hefyd.'

Estynnodd ei fam am ei law, ond tynnodd Conor ei law oddi wrthi.

'Celwydd,' meddai Conor eto.

'Dwi'n credu dy fod ti'n gwybod hynny o'r dechrau, ym mêr dy esgyrn,' cysurodd ei fam. 'On'd wyt ti?'

Ddywedodd Conor ddim gair.

'Mae'n iawn i ti fod yn grac, cariad,' meddai. 'Wir nawr, mae'n iawn.' Dechreuodd chwerthin ychydig. 'Dwi'n grac hefyd, a dweud y gwir. Ond dwi eisie i ti wybod hyn, Conor, ac mae'n bwysig dy fod ti'n gwrando arna i. Wyt ti'n gwrando?'

Estynnodd ei llaw tuag ato unwaith eto. Ymhen eiliad, gadawodd iddi afael yn ei law, ond roedd hi'n wan, yn *sobor* o wan.

'Mae'n iawn i ti fod mor grac ag y mynni di,' meddai. 'Paid â gadael i neb ddweud yn wahanol wrthot ti, neb. Ac os oes angen i ti dorri pethau, wel er mwyn pawb, gwna'n siŵr dy fod ti'n eu chwalu nhw'n deilchion.'

Doedd e ddim yn gallu. Edrych arni. Allai e *ddim*.

'Ac un diwrnod,' meddai, a'r dagrau'n powlio i lawr ei bochau nawr, 'os byddi di'n edrych 'nôl ac yn teimlo cywilydd am fod mor grac, os wyt ti'n teimlo cywilydd am fod *mor* grac â fi, fel dy fod ti ddim yn gallu hyd yn oed siarad â fi, mae'n rhaid i ti wybod, Conor, mae'n rhaid i ti wybod bod hynny'n ocê. Yn ocê. Ro'n i'n *gwybod*. 'Mod i'n *gwybod*, ocê? Dwi'n gwybod popeth sydd angen i ti ddweud wrtha i heb i ti orfod dweud gair yn uchel. Ti'n deall?'

Doedd e ddim yn gallu edrych arni o hyd. Doedd e ddim yn gallu codi'i ben am ei fod e'n teimlo mor drwm. Roedd yn ei ddyblau, fel petai'n cael ei rwygo drwy'i ganol.

Ond nodiodd ei ben.

Clywodd hi'n ochneidio anadl hir, wichlyd, a gallai glywed ei rhyddhad, yn ogystal â blinder. 'Sori, cariad,' meddai. 'Mae angen mwy o gyffur lladd poen arna i.'

Gollyngodd ei llaw. Estynnodd 'mlaen a gwasgu'r botwm ar y peiriant a roddwyd iddi gan yr ysbyty, oedd yn bwydo cyffuriau lladd poen mor gryf i'w chorff fel na allai aros ar ddi-hun wedi'u cael. Ar ôl iddi orffen, cydiodd yn ei law unwaith eto.

'Byddai'n dda gyda fi petai gyda fi ganrif,' meddai, yn dawel iawn. 'Canrif i'w rhoi i ti.'

Atebodd e ddim. Eiliadau'n ddiweddarach, roedd y cyffuriau wedi'i hanfon i gysgu, ond doedd dim ots.

Roedden nhw wedi cael y sgwrs.

Doedd dim mwy i'w ddweud.

'Conor?' meddai ei fam-gu, gan ddod i'r drws ychydig yn ddiweddarach.

'Dwi eisie mynd adre,' meddai'n dawel.

'Conor–'

'Fy nghartre *i*,' ychwanegodd, gan godi'i ben, ei lygaid yn goch, â galar, â chywilydd, â *dicter*. 'Yr un â'r ywen.'

BETH YW DY DDIBEN DI?

'Dwi'n mynd 'nôl i'r ysbyty, Conor,' meddai ei fam-gu, wedi mynd ag e adref. 'Dwi ddim yn hoffi dy adael di fel hyn. Beth sydd mor bwysig i ti yma?'

'Mae rhywbeth mae'n rhaid i fi'i wneud,' meddai Conor, gan syllu ar y cartref lle'r oedd e wedi treulio'i holl fywyd. Roedd e'n edrych yn wag ac yn ddieithr, er nad oedd e wedi bod i ffwrdd yn hir.

Sylweddolodd efallai na fyddai'n gartref iddo fyth eto.

'Fe fydda i 'nôl mewn awr i dy nôl di,' meddai ei fam-gu. 'Allwn ni gael swper yn yr ysbyty.'

Doedd Conor ddim yn gwrando. Roedd e eisoes yn cau drws y car y tu ôl iddo.

'Awr,' meddai ei fam-gu eto drwy'r drws caeedig. 'Byddi di eisie bod yno heno.'

Dringodd Conor risiau blaen y tŷ.

'Conor?' gwaeddodd ei fam-gu arno. Ond wnaeth e ddim troi'i ben.

Prin y clywodd sŵn y car yn gyrru i ffwrdd ar hyd y stryd.

Y tu mewn, roedd y tŷ'n arogli o lwch a hen aer. Wnaeth e ddim hyd yn oed trafferthu cau'r drws ar ei ôl. Aeth yn syth i'r gegin ac edrych allan drwy'r ffenest.

Roedd yn gallu gweld yr eglwys ar y bryn. A'r ywen yn gysgod dros y fynwent.

Aeth Conor allan i'r ardd gefn. Neidiodd i ben bwrdd yr ardd lle'r oedd ei fam yn arfer yfed Pimm's yn ystod yr haf, cyn iddo dynnu ei hun dros y ffens yn y cefn. Doedd e ddim wedi gwneud hynny ers oedd e'n blentyn ifanc, ifanc, mor bell yn ôl nes mai ei dad oedd wedi'i gosbi am wneud hynny. Doedd y weiren bigog ger y rheilffordd ddim wedi'i thrwsio o hyd, felly gwthiodd drwyddi, gan rwygo'i grys, heb boeni dim.

Croesodd y trac, heb hyd yn oed sylwi a oedd trên ar ei ffordd, dringo ffens arall, a chael ei hun wrth droed y bryn oedd yn arwain i fyny at yr eglwys. Neidiodd dros y wal gerrig isel o gwmpas ei ffin a gwau ei ffordd drwy'r cerrig beddau, gan hoelio'i sylw ar y goeden.

A thrwy'r cyfan, dim ond coeden oedd hi.

Dechreuodd Conor redeg.

'Dihuna!' dechreuodd weiddi cyn iddo hyd yn oed ei chyrraedd. 'DIHUNA!'

Cyrhaeddodd y boncyff a dechrau'i gicio. '*Dihuna*, ddywedais i! Anghofia am yr amser!'

Ciciodd eto.

Yn galetach.

Ac eto fyth.

A chamodd y goeden o'i ffordd mor sydyn nes i Conor faglu a disgyn i'r llawr.

*Byddi di'n gwneud niwed i ti dy hun fel 'na,* meddai'r anghenfil, oedd fel tŵr uwch ei ben.

'Wnaeth e ddim gweithio!' llefodd Conor, gan godi ar ei draed. 'Ddywedaist ti y byddai'r ywen yn ei gwella hi, ond wnaeth hi ddim!'

*Dweud wnes i, os oedd modd iddi gael ei gwella, yr ywen fyddai'n gwneud hynny,* meddai'r anghenfil. *Mae'n amlwg nad oedd hynny'n bosib.*

Cynyddodd y dicter ym mynwes Conor hyd yn oed yn fwy, gan wneud i'w galon hyrddio yn erbyn ei asennau. Ymosododd ar goesau'r anghenfil, gan daflu ergydion at y boncyff â'i ddwylo, a wnaeth iddyn nhw gleisio bron ar unwaith. 'Helpa hi! Mae'n rhaid i ti ei helpu hi!

*Conor*, meddai'r anghenfil.

'Beth yw dy *ddiben* di os na elli di ei helpu hi?' holodd Conor, yn gynddeiriog o hyd. 'Dim byd ond storïau dwl ac achosi trwbl i fi a gwneud i bawb edrych arna i fel petai rhyw glefyd arna i–'

Stopiodd am fod yr anghenfil wedi estyn llaw i lawr ato a'i godi i'r awyr.

*Ti alwodd arna i, Conor O'Malley*, meddai, gan edrych arno'n ddifrifol. *Ti sydd â'r atebion i'r cwestiynau yma.*

'Petawn i wedi galw arnat ti,' meddai Conor, ei wyneb yn fflamgoch, a dagrau nad oedd e'n ymwybodol ohonyn nhw'n llifo'n wyllt i lawr ei fochau, 'ei gwella hi oedd y nod! Ei gwella hi!'

Daeth sŵn siffrwd drwy ddail yr anghenfil, fel petai ochneidio tawel y gwynt yn eu goglais.

*Nid dod yma i'w gwella hi oedd fy mwriad*, meddai'r anghenfil. *Dod wnes i i dy wella di.*

'Fi?' wfftiodd Conor, gan roi stop ar y gwingo yn llaw'r anghenfil. 'Does dim angen fy ngwella *i*. Mam yw'r un sy'n ...'

Ond allai e ddim dweud hynny. Hyd yn oed nawr, allai e ddim dweud hynny. Hyd yn oed ar ôl y sgwrs. Hyd yn oed os oedd e'n amau o'r dechrau. *Wrth gwrs* ei fod e, *wrth gwrs* ei fod e, er gwaetha'r ymdrechion i wrthod derbyn y gwir, wrth gwrs ei fod e'n gwybod. Ond allai e ddim dweud y geiriau *o hyd*.

Doedd e ddim yn gallu dweud ei bod hi'n–

Roedd e'n dal i feichio crio ac yn ei chael hi'n anodd anadlu. Teimlai fel petai'n cael ei hollti'n ddau, fel petai ei gorff yn chwalu'n llwyr.

Edrychodd i fyny ar yr anghenfil. 'Helpa fi,' meddai'n dawel.

*Mae'r amser wedi dod*, meddai'r anghenfil, *ar gyfer y bedwaredd stori*.

Sgrechiodd Conor yn wyllt. 'Na! Ddim dyna ro'n i'n ei feddwl! Mae pethau mwy pwysig yn digwydd!'

*Oes*, meddai'r anghenfil. *Oes, ti'n iawn*.

Agorodd ei law rydd.

Daeth y niwl i'w hamgylchynu unwaith eto.

Ac unwaith eto, roedden nhw yng nghanol yr hunllef.

Y BEDWAREDD STORI

Hyd yn oed ag yntau'n dynn yn llaw gref yr anghenfil anferth, roedd Conor yn gallu teimlo'r arswyd yn ei lethu, düwch y cyfan yn dechrau llenwi'i ysgyfaint ac yn eu tagu, ei stumog yn dechrau disgyn–

'Na!' gwaeddodd, gan wingo ychydig mwy, ond roedd gafael yr anghenfil yn dynn amdano. 'Na! Plis!'

Roedd y bryn, yr eglwys a'r fynwent wedi mynd, ac roedd hyd yn oed yr haul wedi diflannu, gan adael dim ond tywyllwch oer, yr un oedd wedi dilyn Conor fyth ers i'w fam fynd i'r ysbyty am y tro cyntaf, a chyn hynny, pan ddechreuodd y triniaethau a wnaeth iddi golli'i gwallt, a chyn hynny eto, pan oedd hi'n dioddef o'r ffliw diddiwedd hwnnw nad oedd gwella arno nes iddi fynd at y meddyg a sylweddoli nad ffliw oedd e wedi'r cwbl, a chyn hynny *eto*, pan ddechreuodd gwyno ei bod hi wedi blino, ac eto fyth cyn hynny, ers *erioed*, teimlai fel petai'r hunllef wedi bod yno, yn ei ddilyn, yn ei amgylchynu, yn ei ynysu, yn gwneud iddo deimlo'n unig.

Teimlai fel petai wedi bod yno erioed.

'Helpa fi i ddianc o 'ma!' gwaeddodd. 'Plis!'

*Mae'r amser wedi dod*, meddai'r anghenfil eto, *ar gyfer y bedwaredd stori*.

'Dwi ddim yn gwybod unrhyw storïau!' meddai Conor, ag ofn yn corddi'i feddwl.

*Os na wnei di adrodd y stori*, meddai'r anghenfil, *bydd rhaid i fi ei hadrodd i ti*. Tynnodd Conor yn agosach at ei wyneb. *A fyddet ti ddim eisiau **hynny**, cred ti fi.*

'Plis,' meddai Conor eto. 'Mae'n rhaid i fi fynd 'nôl at Mam.'

*Ond*, meddai'r anghenfil, gan droi ato drwy'r tywyllwch, *mae hi yma eisoes*.

Gosododd yr anghenfil e i lawr yn ddirybudd, a baglodd Conor yn ei flaen wrth iddo gael ei ollwng i'r ddaear.

Roedd yn gyfarwydd â'r ddaear oer dan ei ddwylo, yn gyfarwydd â'r llecyn lle'r oedd e, gyda choedwig drwchus, dywyll ar hyd tair ochr iddo, yn gyfarwydd â'r bedwaredd ochr, â'r graig yn disgyn i ddüwch pellach.

Ac ar ymyl y clogwyn, roedd ei fam.

Roedd ei chefn tuag ato, ond roedd hi'n edrych dros ei hysgwydd, yn gwenu. Edrychai mor wan ag yr oedd hi yn yr ysbyty, ond cododd ei llaw arno i'w gyfarch yn dawel.

'Mam!' llefodd Conor, gan deimlo'n rhy drwm i godi ar ei draed, fel y byddai bob amser ar ddechrau'r hunllef. 'Mae'n rhaid i ti ddianc o 'ma!'

Symudodd ei fam ddim, er ei bod hi'n edrych braidd yn bryderus o glywed ei eiriau.

Llusgodd Conor ei hun tuag ati, gan estyn pob gewyn wrth wneud hynny. 'Mam, mae'n rhaid i ti redeg!'

'Dwi'n iawn, cariad,' meddai. 'Does dim eisie poeni.'

'Mam, rhed! Plis, *rhed*!'

'Ond cariad, mae–'

Arhosodd a throi'n ôl at ymyl y clogwyn, fel petai hi wedi clywed rhywbeth.

'Na,' sibrydodd Conor wrtho'i hun. Ymlusgodd yn ei flaen ychydig eto, ond roedd hi'n rhy bell, yn rhy bell iddo allu'i chyrraedd, ac roedd e'n teimlo mor *drwm–*

Roedd sŵn isel i'w glywed o waelod y clogwyn. Sŵn aflafar, sŵn *dwndwr*.

Fel petai rhywbeth mawr yn symud islaw.

Rhywbeth mwy na'r byd.

Ac roedd e'n dringo wyneb y clogwyn.

'Conor?' holodd ei fam, gan edrych arno dros ei hysgwydd.

Ond roedd Conor yn gwybod. Roedd hi'n rhy hwyr.

Roedd yr anghenfil go iawn yn dod.

'Mam!' gwaeddodd Conor, gan orfodi'i hun i godi ar ei draed, gan wthio'i hun yn erbyn y pwysau anweledig oedd yn ei wasgu i lawr. 'MAM!'

'Conor!' gwaeddodd ei fam, gan gamu'n ôl o ymyl y clogwyn.

Ond roedd y dwndwr yn cynyddu. Yn uwch. Ac yn uwch fyth.

'MAM!'

Roedd e'n gwybod nad oedd posib iddo gyrraedd mewn pryd.

Oherwydd, yn ogystal â'r dwndwr, roedd cwmwl o dywyllwch ysol yn codi dau ddwrn anferth dros gopa'r graig. Am eiliadau hir bu'r rheini'n hofran yn yr awyr, uwchben ei fam wrth iddi wneud ei gorau i sgrialu'n ôl.

Ond roedd hi'n rhy wan, yn llawer rhy wan–

A dyma'r dyrnau'n rhuthro i lawr gyda'i gilydd mewn llam bygythiol a gafael ynddi, a'i thynnu dros ymyl y clogwyn.

Ac o'r diwedd, roedd Conor yn gallu rhedeg. Gan weiddi, rhedodd nerth ei draed ar draws y llecyn, gan faglu a stryffaglu, a thaflu'i hun tuag ati, tuag at ei dwylo a oedd yn ymestyn ato wrth i'r dyrnau tywyll ei thynnu dros y dibyn.

A llwyddodd i ddal gafael yn ei dwylo.


Dyma'r hunllef. Dyma'r hunllef oedd yn ei ddeffro'n sgrechian bob nos. Roedd yr hunllef yn digwydd, *yma*, yr eiliad hon.

Roedd ar ymyl y clogwyn, yn dal yn dynn yn nwylo'i fam â'i holl nerth, yn gwneud ei orau glas i'w rhwystro rhag cael ei thynnu i lawr i'r düwch, ei thynnu i lawr gan y creadur islaw'r clogwyn.

Ac roedd yn gallu gweld hwnnw i gyd bellach.

Y *gwir* anghenfil, yr un oedd wir yn codi arswyd arno, yr un roedd e wedi disgwyl ei weld pan ymddangosodd yr ywen am y tro cyntaf, gwir anghenfil yr hunllef, ar ffurf cwmwl a llwch a fflamau tywyll, ond a chanddo gynhyrau go iawn, cryfder go iawn, llygaid coch go iawn oedd yn syllu'n ôl arno a dannedd gloyw a fyddai'n bwyta'i fam yn fyw. *Dwi wedi gweld gwaeth*, oedd geiriau Conor wrth yr ywen y noson gyntaf honno.

Ac roedd yna rywbeth gwaeth.

'Helpa fi, Conor!' gwaeddodd ei fam. 'Dal fi'n dynn!'

'Wrth gwrs!' llefodd Conor arni. 'Dwi'n addo!'

Rhuodd anghenfil yr hunllef a thynnu'n galetach, ei ddyrnau'n tynhau am gorff ei fam.

A dechreuodd hithau lithro o afael Conor.

'Na!' gwaeddodd.

Sgrechiodd ei fam mewn dychryn. 'Conor, plis! Paid â 'ngollwng i!'

'Wna i ddim!' gwaeddodd Conor. Trodd 'nôl i edrych ar yr ywen, oedd yn dal i sefyll yno, heb symud. 'Helpa fi! Alla i ddim dal fy ngafael ynddi!'

Ond wnaeth yr ywen ddim ond sefyll yno, yn gwylio.

'Conor!' gwaeddodd ei fam.

Ac roedd ei dwylo'n llithro.

'*Conor!*' gwaeddodd eto.

'Mam!' llefodd, gan dynhau ei afael.

Ond roedd hi'n llithro o'i afael, ac roedd hi'n teimlo'n drymach a thrymach, wrth i anghenfil yr hunllef dynnu'n galetach a chaletach.

'Dwi'n llithro!' gwaeddodd ei fam.

'NA!' llefodd.

Syrthiodd 'mlaen oherwydd ei phwysau hi arno a dyrnau anghenfil yr hunllef yn ei thynnu.

Sgrechiodd eto.

Ac eto.

Ac roedd hi mor *drwm*, yn annioddefol o drwm.

'Plis,' sibrydodd Conor dan ei anadl. '*Plis.*'

*A dyma*, meddai llais yr ywen o'r tu ôl iddo, *yw'r bedwaredd stori.*

'Bydd dawel!' gwaeddodd Conor. '*Helpa* fi!'

*Dyma wirionedd Conor O'Malley.*

Ac roedd ei fam yn sgrechian.

Ac roedd hi'n llithro.

Roedd hi mor anodd dal gafael ynddi.

*Dyma dy unig gyfle di*, meddai'r ywen. *Mae'n rhaid i ti ddweud y gwir.*

'Na!' meddai Conor, ei lais yn torri.

*Mae'n **rhaid** i ti.*

'Na!' meddai Conor eto, gan edrych i fyw llygaid ei fam–

Wrth i'r gwirionedd ddod yn sydyn–

Wrth i'r hunllef gyrraedd yr eiliad berffaith–
'*Na!*' sgrechiodd Conor unwaith eto–
Wrth i'w fam ddisgyn.

## GWEDDILL Y BEDWAREDD STORI

Dyma'r adeg pan fyddai'n deffro fel arfer. Pan fyddai hi'n disgyn, yn sgrechian, o'i afael, dros y dibyn, wedi'i chipio gan yr hunllef, ar goll am byth, dyma pryd y byddai'n eistedd i fyny yn ei wely, yn chwys domen, ei galon yn curo mor gyflym y credai y gallai syrthio'n farw.

Ond wnaeth e ddim deffro.

Roedd yr hunllef yn ei amgylchynu o hyd. Roedd yr ywen yn dal i sefyll y tu ôl iddo.

*Dyw'r stori ddim wedi'i hadrodd eto*, meddai.

'Cer â fi o 'ma,' meddai Conor, gan godi'n sigledig ar ei draed. 'Mae'n rhaid i fi weld Mam.'

*Dyw hi ddim yma mwyach, Conor*, meddai'r anghenfil gwreiddiol. *Gwnest ti ei gollwng hi.*

'Dim ond hunllef yw hon,' meddai Conor, yn ymladd am anadl. 'Nid dyma'r gwir.'

*Dyma'r gwir*, meddai'r anghenfil. *Ti'n gwybod hynny. Gwnest ti ei gollwng hi.*

'Disgyn wnaeth hi,' meddai Conor. 'Allwn i ddim dal gafael ynddi ddim mwy. Roedd hi mor *drwm.*'

*Felly gwnest ti ei gollwng hi.*

'*Disgyn* wnaeth hi!' protestiodd Conor, ei lais yn codi, bron mewn anobaith. Roedd y budreddi a'r llwch a gipiodd ei fam yn dringo i fyny wyneb y clogwyn ar ffurf crafangau o fwg nad oedd yn gallu osgoi'i anadlu. Llifodd i'w geg a'i drwyn fel aer, a'i lenwi, a'i dagu. Roedd anadlu'n frwydr.

*Gwnest ti ei gollwng hi*, meddai'r anghenfil.

'Wnes i ddim ei gollwng hi!' gwaeddodd Conor, ei lais yn torri. 'Disgyn wnaeth hi!'

*Mae'n rhaid i ti ddweud y gwir er mwyn gallu gadael yr hunllef yma*, meddai'r anghenfil, oedd bellach yn gysgod bygythiol drosto, a'i lais yn fwy brawychus nag erioed. *Neu byddi di'n gaeth yma weddill dy fywyd.*

'Plis gad i fi fynd!' sgrechiodd Conor, gan wneud ei orau glas i gamu i ffwrdd. Gwaeddodd mewn arswyd wrth weld crafangau'r hunllef yn cordeddu am ei goesau. Cafodd ei faglu i'r llawr wrth iddyn nhw ddechrau cordeddu am ei freichiau hefyd.

'Helpa fi!'

*Dwed y gwir!* meddai'r anghenfil, ei lais yn gadarn a brawychus bellach. *Dwed y gwir neu aros yma am byth.*

'Pa wir?' gwaeddodd Conor, yn brwydro'n daer yn erbyn y crafangau. 'Dwi ddim yn deall!'

Yn sydyn, dyma wyneb yr anghenfil yn hyrddio allan o'r düwch, fodfeddi o wyneb Conor.

*Ti yn gwybod*, meddai, yn dawel a bygythiol.

A thawelodd popeth ar unwaith.

Oherwydd, wrth gwrs, roedd Conor yn gwybod.

Roedd e'n gwybod erioed.

Y gwir.

Y gwir go iawn. Y gwir o'r hunllef.

'Na,' meddai'n dawel, wrth i'r düwch ddechrau cordeddu am ei wddf. 'Na, alla i ddim.'

*Mae'n rhaid i ti.*

'Dwi *ddim* yn gallu,' meddai Conor eto.

*Rwyt ti yn gallu*, meddai'r anghenfil, ac roedd yna newid yn ei lais. Arlliw o rywbeth.

Arlliw o garedigrwydd.

Bellach roedd llygaid Conor yn dechrau llenwi. Roedd dagrau'n powlio i lawr ei fochau a doedd e ddim yn gallu gwneud dim i'w rhwystro, ddim hyd yn oed eu sychu am fod crafangau'r hunllef yn ei gaethiwo, gan ei feddiannu bron yn llwyr.

'Paid â 'ngorfodi i,' meddai Conor. 'Plis paid â 'ngorfodi i.'

*Gollyngaist di hi,* meddai'r anghenfil.

Ysgydwodd Conor ei ben. 'Plis–'

*Gollyngaist di hi,* meddai'r anghenfil eto.

Caeodd Conor ei lygaid yn dynn.

Yna nodiodd ei ben.

*Gallet ti fod wedi dal dy afael ynddi am ragor o amser,* meddai'r anghenfil, *ond gwnest ti adael iddi ddisgyn. Gwnest ti ollwng dy afael ynddi a gadael i'r hunllef ei chipio.*

Nodiodd Conor ei ben unwaith eto, ei wyneb yn gwlwm o boen a dagrau.

*Roeddet ti eisiau iddi ddisgyn.*

'Nag o'n,' meddai Conor drwy'r dagrau trwchus.

*Roeddet ti eisiau iddi fynd.*

'*Nag o'n!*'

*Mae'n rhaid i ti ddweud y gwir ac mae'n rhaid i ti wneud hynny* **nawr***, Conor O'Malley. Dwed y gwir. Mae'n rhaid i ti.*

Ysgydwodd Conor ei ben eto, ei geg ar gau'n dynn, ond roedd yn gallu teimlo'i frest yn llosgi, fel petai rhywun wedi cynnau tân y tu mewn iddo, neu haul bach yn llosgi'i ffordd drwyddo o'r tu mewn.

'Bydd gwneud hynny'n fy lladd i,' ochneidiodd.

*Bydd yn dy ladd di os na wnei di*, meddai'r anghenfil. *Mae'n rhaid i ti ddweud.*

'Alla i *ddim*.'

*Gwnest ti ei gollwng hi. Pam?*

Roedd y düwch yn cordeddu am lygaid Conor nawr, yn llenwi'i drwyn ac yn llethu'i geg. Roedd yn fyr ei wynt ac yn methu anadlu. Roedd yn ei fygu. Roedd yn ei *ladd*–

*Pam, Conor?* chwyrnodd yr anghenfil. *Dwed wrtha i PAM! Cyn ei bod hi'n rhy hwyr!*

Ac ar hynny dyma'r tân ym mynwes Conor yn ffrwydro, fel petai ar fin ei fwyta'n fyw. Dyna'r gwir, roedd yn gwybod hynny. Dechreuodd rhyw sŵn griddfan yn ei wddf, griddfan a drodd yn llef ac yna'n floedd uchel ddieiriau ac agorodd ei geg gan adael i'r tân ffrwydro allan yn eirias, y fflamau'n gafael ym mhopeth, yn tasgu dros y düwch, dros yr ywen hefyd, nes bod honno'n fflamio fel gweddill y byd, wrth i Conor weiddi a gweiddi a gweiddi mewn poen a galar–

A dyma fe'n dweud y geiriau.

Yn dweud y gwir.

Yn adrodd gweddill y bedwaredd stori.

'Alla i ddim *goddef* mwy!' llefodd wrth i'r tân ruo o'i gwmpas. 'Alla i ddim goddef gwybod y bydd hi'n mynd! Dwi eisie diwedd ar bethau! Dwi eisie i'r cyfan *orffen*!'

Ac yna, dyma'r tân yn bwyta'r byd, gan ddileu popeth, a'i ddileu yntau ar yr un pryd.

Croesawodd hynny â rhyddhad, oherwydd dyma, o'r diwedd, oedd ei gosb haeddiannol.

## BYWYD WEDI MARWOLAETH

Agorodd Conor ei lygaid. Roedd e'n gorwedd ar y borfa ar y bryn ger ei gartref.

Roedd e'n fyw.

A dyna'r peth gwaethaf fyddai wedi gallu digwydd.

'Pam na ches i fy lladd?' ochneidiodd, gan ddal ei ben yn ei ddwylo. 'Dwi'n haeddu'r gwaethaf.'

*Wyt ti?* holodd yr anghenfil, gan sefyll uwch ei ben.

'Dwi wedi bod yn meddwl hynny ers oesoedd maith,' meddai Conor yn araf a phoenus, yn ei chael hi'n anodd mynegi'i hun. 'Dwi'n gwybod erioed nad oedd hi'n mynd i ddod drwyddi, bron o'r dechrau. Dywedodd hi ei bod hi'n gwella am mai dyna roeddwn i am ei glywed. Ac ro'n i'n ei chredu. Ond doeddwn i ddim.'

*Nac oeddet,* meddai'r anghenfil.

Llyncodd Conor, yn dal i gael anhawster. 'A dechreuais feddwl gymaint ro'n i'n dyheu i'r cyfan fod *drosodd*. Gymaint ro'n i eisie stopio gorfod *meddwl* am y peth. Sut ro'n i'n methu godde'r aros mwyach. Allwn i ddim godde teimlo mor unig.'

Dechreuodd grio o ddifri nawr, yn fwy nag y tybiai y gwnaeth erioed, yn fwy hyd yn oed nag y gwnaeth o glywed am salwch ei fam.

*Ac roedd rhan ohonot ti'n dymuno gweld diwedd ar y cyfan*, meddai'r anghenfil, *hyd yn oed petai hynny'n golygu'i cholli hi.*

Nodiodd Conor ei ben, prin yn gallu siarad.

*A dechreuodd yr hunllef. Yr hunllef oedd wastad yn gorffen gyda–*

'Gwnes i ei gollwng hi,' tagodd Conor. 'Gallwn i fod wedi dal fy ngafael ynddi ond gwnes i ei gollwng hi.'

*A dyna'r gwir*, meddai'r anghenfil.

'Ond do'n i ddim yn *meddwl* hynny, cofia!' meddai Conor, gan godi'i lais. 'Do'n i ddim yn bwriadu ei gollwng hi! A nawr mae'n wir! Nawr mae hi'n mynd i farw, a 'mai i yw'r cyfan!'

*Ond nid dyna'r gwir o gwbl*, meddai'r anghenfil.

\* \* \*

Rhywbeth corfforol oedd galar Conor, yn gafael ynddo fel cadwyn, yn cau amdano mor dynn â chyhyr. Prin roedd e'n gallu anadlu yn sgil yr holl *ymdrech*, a suddodd i'r llawr unwaith eto, gan obeithio y câi ei lyncu, unwaith ac am byth.

Teimlodd ddwylo anferth yr anghenfil yn ei godi'n dyner ac yn ffurfio nyth clyd o'i gwmpas. Doedd e heb sylwi'n iawn ar y dail a'r brigau'n cordeddu o'i gwmpas, gan feddalu ac ymledu er mwyn gadael iddo orffwyso arnyn nhw.

'Fy mai i yw'r cyfan,' meddai Conor. 'Gwnes i ei gollwng hi. Fy mai i yw'r cyfan.'

*Nid dy fai di yw'r cyfan*, meddai'r anghenfil, ei lais yn hofran fel awel yn yr awyr o'i gwmpas.

'*Wrth gwrs* mai e!'

*Eisiau gweld diwedd ar y boen oeddet ti*, meddai'r anghenfil, *Dy boen **di**. Er mwyn i ti beidio â theimlo'n ynysig. Dyna ddymuniad mwyaf dynol ryw.*

'Do'n i ddim yn meddwl hynny,' meddai Conor.

*Wrth gwrs dy fod ti*, meddai'r anghenfil, *ond doeddet ti ddim chwaith.*

Sniffiodd Conor gan edrych i fyny i'w wyneb, a oedd gymaint â'r wal o'i flaen. 'Sut gall y ddau beth fod yn wir?'

*Am fod bodau dynol yn greaduriaid cymhleth,* meddai'r anghenfil. *Sut gall brenhines fod yn wrach dda ac yn wrach ddrwg ar yr un pryd? Sut gall tywysog fod yn llofrudd ac yn achubwr? Sut gall apothecari fod yn ddrwg ei dymer ond yn bwriadu'r gorau? Sut gall offeirad fod â meddyliau drwg ond calon onest? Sut gall dynion anweledig deimlo'n fwy unig o fod yn weladwy?*

'Dwi ddim yn gwybod,' ebychodd Conor, wedi ymlâdd. 'Doedd dy storïau di byth yn gwneud synnwyr i fi.'

*Yr ateb yw nad oes ots beth rwyt ti'n ei* **feddwl**, meddai'r anghenfil, *am y bydd dy feddwl yn gwrthddweud ei hun gannoedd o weithiau'r dydd. Roeddet ti eisiau iddi fynd ond ar yr un pryd roeddet ti'n benderfynol o'i hachub hi. Bydd dy feddwl yn credu celwyddau cysurlon er eu bod nhw'n gwybod y gwir poenus sy'n gwneud y celwyddau hynny'n angenrheidiol. A bydd dy feddwl di'n dy gosbi di am gredu'r ddau.*

'Ond sut wyt ti'n brwydro yn erbyn hynny?' holodd Conor, ei lais yn arw. 'Sut wyt ti'n brwydro yn erbyn y gwahanol bethau y tu mewn i ti?'

*Drwy ddweud y gwir*, meddai'r anghenfil. *Fel y gwnest ti nawr.*

Meddyliodd Conor unwaith eto am ddwylo'i fam, am y modd y gollyngodd ei afael–

*Stopia hyn nawr, Conor O'Malley*, meddai'r anghenfil yn dyner.

*Dyna pam y gwnes i ddechrau cerdded, i ddweud hyn wrthyt ti er mwyn i ti allu cael gwellhad. Mae'n rhaid i ti wrando.*

Llyncodd Conor eto. 'Dwi'n gwrando.'

*Nid â geiriau rwyt ti'n ysgrifennu dy fywyd*, meddai'r anghenfil. *Rwyt ti'n ei ysgrifennu â gweithredoedd. Dyw'r hyn rwyt ti'n ei feddwl ddim yn bwysig. Yr unig beth sy'n bwysig yw'r hyn rwyt ti'n ei wneud.*

Cafwyd saib hir wrth i Conor ddal ei anadl.

'Felly beth dylwn i wneud?' holodd o'r diwedd.

*Rwyt ti'n gwneud yr hyn wnest ti nawr*, meddai'r anghenfil. *Mae'n rhaid i ti ddweud y gwir.*

'A dyna'r cyfan?'

*Paid â meddwl bod hynny'n hawdd.* Cododd yr anghenfil ei ddwy ael enfawr. *Roeddet ti'n barod i farw yn hytrach na dweud y gwir.*

Edrychodd Conor i lawr ar ei ddwylo, a'u hagor o'r diwedd. 'Am fod yr hyn ro'n i'n ei feddwl mor ddrwg.'

*Doedd e ddim yn ddrwg*, meddai'r anghenfil. *Doedd e'n ddim mwy nag un o'r filiwn o feddyliau sy'n mynd trwy dy ben. Doedd hi ddim yn weithred.*

Gollyngodd Conor anadliad ofnadwy o hir.

Ond doedd e ddim yn tagu. Doedd yr hunllef ddim yn ei lenwi, yn gwasgu'i fynwes, yn ei lusgo i lawr.

Mewn gwirionedd, doedd e ddim yn gallu teimlo'r hunllef o gwbl.

'Dwi wedi blino cymaint,' meddai Conor, gan roi ei ben yn ei ddwylo 'Dwi wedi blino ar yr holl beth.'

*Cer i gysgu 'te,* meddai'r anghenfil. *Mae digon o amser.*

'Oes 'na?' sibrydodd Conor, ac yn sydyn roedd hi'n anodd iddo gadw'i lygaid ar agor.

Newidiodd yr anghenfil siâp ei ddwylo ychydig mwy, gan wneud y nyth o ddail roedd Conor yn gorwedd arni hyd yn oed yn fwy cyfforddus.

'Dwi eisie gweld Mam,' protestiodd.

*Fe gei di wneud hynny*, meddai'r anghenfil. *Dwi'n addo.*

Agorodd Conor ei lygaid. 'Fyddi di yno?'

*Byddaf*, atebodd yr anghenfil. *Dyna fydd camau olaf fy nhaith.*

Roedd Conor yn gallu teimlo'i hun yn ymlacio, wrth i lanw cwsg ei dynnu cymaint fel na allai ei wrthsefyll.

Ond cyn iddo fynd, roedd un cwestiwn arall yn corddi y tu mewn iddo.

'Pam wyt ti wastad yn ymddangos am 12.07?' holodd.

Roedd wedi cysgu cyn i'r anghenfil allu ateb.

## RHYWBETH YN GYFFREDIN

'O, diolch byth!

Llithrodd y geiriau i'w glyw cyn i Conor ddeffro'n iawn.

'Conor!' clywodd, ac yna'n uwch. '*Conor!*'

Llais ei fam-gu.

Agorodd ei lygaid, a chodi ar ei eistedd yn araf. Roedd hi'n nos. Ers pryd oedd e'n cysgu? Edrychodd o'i gwmpas. Roedd e'n dal i fod ar y bryn y tu ôl i'r tŷ, yn llochesu yng ngwreiddiau'r ywen oedd yn gysgod dros ei ben. Edrychodd i fyny. Dim ond coeden oedd hi.

Ond gallai daeru ei bod hi'n rhywbeth arall hefyd.

'CONOR!'

Roedd ei fam-gu'n rhedeg ato o gyfeiriad yr eglwys, ac roedd yn gallu gweld ei char wedi parcio ar y ffordd islaw, ei olau ynghynn, a'i injan yn rhedeg. Safodd ar ei draed wrth iddi ruthro tuag ato, dicter a rhyddhad yn amlwg ar ei hwyneb a rhywbeth arall hefyd a wnaeth i'w stumog suddo.

'O, diolch i Dduw, diolch i DDUW!' gwaeddodd wrth iddi ei gyrraedd.

Ac yna, gwnaeth rywbeth annisgwyl.

Cydiodd ynddo a'i gofleidio mor dynn nes bron i'r ddau ohonyn nhw syrthio i'r llawr. Drwy lwc, llwyddodd Conor i afael ym moncyff y goeden i'w hatal rhag gwneud. Yna dyma hi'n rhyddhau ei gafael a dechrau gweiddi *o ddifri*.

'Ble wyt ti wedi BOD?!' meddai bron mewn sgrech. 'Dwi wedi bod yn chwilio amdanat ti ers ORIAU! Dwi wedi bod O 'NGHOF, Conor! BETH DDIAWL ROEDDET TI'N FEDDWL?'

'Roedd angen i fi wneud rhywbeth,' meddai Conor, ond roedd hi eisoes yn tynnu ar ei fraich.

'Does dim amser,' meddai. 'Mae'n rhaid i ni fynd. Mae'n rhaid i ni fynd *nawr*!'

Gollyngodd ei gafael ynddo a dechrau *gwibio* 'nôl i'w char, a oedd yn olygfa ddigon pryderus. Rhedodd Conor ar ei hôl yn beiriannol bron, a dechreuodd hithau yrru i ffwrdd â'i theiars yn sgrechian cyn iddo gael cyfle i neidio i mewn i'r car a chau'r drws yn iawn.

Fentrodd e ddim holi beth oedd y brys.

'Conor,' meddai ei fam-gu wrth i'r car rasio ar hyd y ffordd ar gyflymder eithriadol. Dim ond pan edrychodd e arni y sylwodd ar ei dagrau. Roedd hi'n crynu hefyd. 'Conor, alli di ddim ...' Crynodd ychydig mwy, yna sylwodd arni'n gafael yn dynnach fyth yn yr olwyn lywio.

'Mam-gu–' dechreuodd ddweud.

'Paid,' meddai. 'Jyst paid.'

Aeth y ddau 'mlaen â'u taith mewn tawelwch llwyr am gyfnod, gan hedfan heibio arwyddion rhybudd ar y ffordd heb feddwl ddwywaith. Gwnaeth Conor yn siŵr fod ei wregys diogelwch wedi'i chau'n dynn.

'Mam-gu?' holodd Conor, gan dynhau'i gyhyrau wrth i'r car neidio dros bant yn y ffordd.

Gwibiodd hithau yn ei blaen.

'Sori,' meddai'n dawel.

Chwerthin wnaeth hi, chwerthiniad trist a dwys. Ysgydwodd ei phen. 'Does dim ots,' meddai. 'Does dim ots.'

'Nac oes?'

'Nac oes, *wrth gwrs*,' meddai, a dechrau crio eto. Ond doedd ychydig ddagrau ddim yn mynd i'w rhwystro rhag siarad.

'Ti'n gwybod beth, Conor?' meddai. 'Ti a fi? Dyw pethau ddim yn hollol naturiol, cytuno?'

'Na'dyn,' meddai Conor. 'Falle ddim.'

'Falle ddim hefyd.' Sgrialodd rownd y gornel mor gyflym nes i Conor orfod gafael yn nolen y drws er mwyn cadw'i hunan yn ei sedd.

'Ond bydd rhaid i ni ddysgu, ti'n gwybod,' meddai.

Llyncodd Conor. 'Dwi'n gwybod hynny.'

Gwnaeth ei fam-gu ryw sŵn wylo tawel. 'Rwyt ti'n gwybod, on'd wyt ti?" meddai. 'Wrth gwrs dy fod ti'n gwybod.'

Pesychodd er mwyn clirio'i gwddf wrth iddi edrych i'r naill gyfeiriad a'r llall ar groesffordd cyn gyrru i'r dde drwy'r golau coch. Ceisiodd Conor ddyfalu pa mor hwyr oedd hi. Prin oedd y traffig ar y ffordd.

'Ond mae gyda ni rywbeth yn gyffredin, 'machgen i,' meddai ei fam-gu.

'Oes e?' holodd Conor, wrth i'r ysbyty ymddangos yn y pellter.

'O oes,' meddai ei fam-gu, gan wasgu'r sbardun

hyd yn oed yn galetach, a sylwodd yntau fod ei dagrau'n dal i lifo.

'Beth felly?' holodd.

Parciodd yn y lle gwag cyntaf welodd hi ar y ffordd gerllaw'r ysbyty, gan yrru'i char i ben y palmant cyn dod i stop sydyn.

'Dy fam,' meddai, gan edrych yn syth arno. 'Dyna sydd gyda ni'n gyffredin.'

Ddywedodd Conor ddim gair.

Ond roedd e'n deall yn iawn beth roedd hi'n ei olygu. Ei merch hi oedd ei fam. A hi oedd y person pwysicaf ym mywydau'r ddau ohonyn nhw. Roedd hynny'n beth mawr i'w gael yn gyffredin.

Yn bendant roedd yn fan da i ddechrau.

Diffoddodd ei fam-gu yr injan ac agor ei drws. 'Mae'n rhaid i ni frysio,' meddai.

# Y GWIR

Rhedodd ei fam-gu o'i flaen i mewn i stafell ei fam yn yr ysbyty â chwestiwn dychrynllyd ar ei hwyneb. Ond roedd nyrs yno'n disgwyl amdanyn nhw, yn barod â'i hateb. 'Mae'n ocê,' meddai. 'Ry'ch chi 'ma mewn pryd.'

Rhoddodd ei fam-gu ei dwylo dros ei cheg a gollwng ochenaid o ryddhad.

'Fe wnaethoch chi ddod o hyd iddo fe 'te,' meddai'r nyrs gan droi ei sylw at Conor.

'Do,' oedd unig ateb ei fam-gu.

Syllodd Conor a hithau ar ei fam. Roedd y stafell yn gymharol dywyll, gyda dim ond un golau bach uwchben y gwely lle'r oedd hi'n gorwedd. Roedd ei llygaid ar gau, a'i hanadlu'n swnio fel petai pwysau ar ei mynwes. Gadawodd y nyrs nhw, ac eisteddodd ei fam-gu i lawr ar y gadair ar ochr arall gwely ei fam, gan bwyso 'mlaen i gydio yn ei llaw. Daliodd hi yn ei llaw hithau, yn ei chusanu ac yn siglo'n ôl a 'mlaen.

'Mam?' clywodd. Ei fam ei hun oedd yn siarad, ei llais yn gryg ac yn isel a bron yn amhosib ei ddeall.

'Dwi yma, cariad,' meddai ei fam-gu, gan ddal yn llaw ei fam o hyd. 'Mae Conor yma hefyd.'

'Ydy e?' meddai'n aneglur, heb agor ei llygaid. Edrychodd ei fam-gu arno mewn modd oedd yn ei annog i ddweud rhywbeth.

'Dyma fi, Mam,' meddai.

Ddywedodd ei fam ddim gair, dim ond estyn y llaw agosaf ato.

Yn gofyn iddo gydio ynddi.

Cydio ynddi a pheidio â'i gollwng.

*Dyma ddiwedd y stori*, meddai'r anghenfil y tu ôl iddo.

'Beth dylwn i wneud?' sibrydodd Conor.

A theimlodd yr anghenfil yn gosod ei ddwylo ar ei ysgwyddau. Rywsut roedden nhw'n ddigon bach nes teimlo fel petaen nhw'n ei ddal i fyny.

*Y cyfan mae angen i ti'i wneud yw dweud y gwir*, meddai'r anghenfil.

'Mae ofn gwneud hynny arna i,' meddai Conor. Roedd e'n gallu gweld ei fam-gu yno yn y golau gwan, yn pwyso 'mlaen dros ei merch. Gallai weld llaw ei fam, yn estyn allan o hyd, ei llygaid yn dal ar gau.

*Wrth gwrs bod ofn arnat ti*, meddai'r anghenfil, gan ei wthio 'mlaen yn araf. *Ond fe wnei di lwyddo.*

Wrth i ddwylo'r anghenfil ei arwain yn dyner, eto'n gadarn, tuag at ei fam, sylwodd Conor ar y cloc ar y wal uwchben ei gwely. Rywsut, roedd hi eisoes yn 11.46 p.m.

Ychydig dros ugain munud cyn 12.07.

Roedd yn awchu i ofyn i'r anghenfil beth fyddai'n digwydd bryd hynny, ond feiddiai e ddim.

Am y teimlai ei fod yn gwybod.

*O ddweud y gwir*, sibrydodd yr anghenfil yn ei glust, *byddi di'n barod i wynebu beth bynnag ddaw.*

Felly edrychodd Conor i lawr ar ei fam, ar ei llaw estynedig. Roedd yn gallu teimlo'i wddf yn tagu eto a'r dagrau'n cronni yn ei lygaid.

Ond nid oherwydd yr hunllef, serch hynny. Roedd yn symlach, yn gliriach.

Ond yr un mor anodd.

Gafaelodd yn llaw ei fam.

Agorodd ei llygaid, ar amrantiad, a sylwi arno. Yna, dyma hi'n eu cau nhw eto.

Ond roedd hi wedi'i weld.

Ac roedd e'n gwybod ei fod yno. Roedd e'n gwybod doedd dim troi'n ôl bellach. Ei fod e'n mynd i ddigwydd, waeth beth roedd e'n ei ddymuno, waeth beth roedd e'n ei deimlo.

Roedd yn gwybod hefyd y byddai'n llwyddo i ddod drwyddi.

Byddai'n erchyll. Byddai'n waeth nag erchyll.

Ond byddai'n dod drwyddi.

A dyna pam y daeth yr anghenfil. Heb os. Roedd ei angen ar Conor a rywsut roedd ei angen wedi galw arno. Ac roedd e wedi dechrau cerdded. Ar gyfer yr eiliad hon yn unig.

'Wnei di aros?' sibrydodd Conor wrth yr anghenfil, bron yn methu siarad. 'Wnei di aros nes …'

*Wrth gwrs*, meddai'r anghenfil, a'i ddwylo ar ysgwyddau Conor o hyd. *Nawr y cyfan mae angen i ti'i wneud yw dweud y gwir.*

A dyna wnaeth Conor.

Tynnodd anadl.

Ac o'r diwedd, dywedodd y gwir, yn derfynol ac yn gyflawn.

'Dwi ddim am i ti fynd,' meddai, a'r dagrau'n llifo i lawr ei fochau, yn araf i ddechrau, yna fel afon.

'Dwi'n gwybod, cariad,' meddai ei fam yn ei llais trwm. 'Dwi'n gwybod.'

Roedd yn gallu teimlo'r anghenfil, yn ei ddal i fyny ac yn gadael iddo sefyll yno.

'Dwi ddim am i ti fynd,' meddai eto.

A dyna'r cyfan roedd angen iddo'i ddweud.

Pwysodd 'mlaen ar ei gwely a rhoi ei fraich amdani.

A'i chofleidio.

Roedd yn gwybod y byddai'n dod, yn fuan, efallai adeg y 12.07 nesaf. Yr eiliad y byddai'n llithro o'i afael, pa mor gadarn bynnag ei afael ynddi.

*Ond ddim yr eiliad yma*, sibrydodd yr anghenfil, yn dal i fod mor agos ato. *Ddim eto.*

Gafaelodd Conor yn dynn yn ei fam.

A thrwy wneud hynny, roedd yn gallu ei gollwng hi o'r diwedd.

## YMDDIRIEDOLAETH SIOBHAN DOWD

Mae holl freindaliadau Siobhan Dowd o'r llyfr hwn – a'i holl lyfrau eraill – yn mynd tuag at Ymddiriedolaeth Siobhan Dowd, sy'n helpu i ddod â phleser darllen i blant sydd heb fynediad i lyfrau, yn enwedig y plant hynny sydd mewn gofal a phobl ifanc sydd dan anfantais annheg. Sefydlodd Siobhan yr ymddiriedolaeth cyn ei marwolaeth yn sgil cancr y fron yn 2007.

www.siobhandowdtrust.com